原 圭治詩集

Hara Keiji

新・日本現代詩文庫
136

土曜美術社出版販売

新・日本現代詩文庫　136　原　圭治詩集　目次

詩篇

詩集『**地の蛍**』（二〇〇三年）抄

詩集『**水の世紀**』（二〇一一年）抄

未刊詩篇

エッセイ

解説

詩篇

詩集『ロのなかの旗』（一九五八年）抄

トロッコ

真夏の燃えあがった
無数のひかりをつたって
汗臭い水蒸気の群れが
ここからのびあがっていく。
飲み込んだみずは
どこをどう通るのか
すぐにぎらぎらと噴出してくる。

肌は絶えず焦げて死んでいった。
それでも動く。
すべてが張りつめ
足から胸へ
胸から腕へと
ひとつの力が押し上げていく。

そうれ！
爆発する黒点群のように
叫びをあげる。
やっちょい　やっちょい！

ながあく　げく・げくに続く
まがったレールのうえ。
トロッコは
いっぱいの冷やっこい土塊を積んで
止まっている。

動かない。
押しあてた掌からは
力が逆流し

どきどきする心臓をぶち抜き
背骨をぎゅっと押し縮め
突っ張った両足を通って
地面に　ぷつりと突き刺さる。
トロッコと大地と。
抵抗する二つの力点のあいだの
人間ら。
土工たちの顔はうつむき
瞳は太陽を追わない。

やっ　ちょい！

やっちょい　やっちょい!!
やっちょい　やっちょい　やっちょい!!!
さんにんの胸筋は一度に収縮する。
むっつの掌にあつまった力は
ひとつになって跳ね返る。

そのとき。
がたん　と　重い音をだして
トロッコは動いた！
土工たちのくろい顔々は太陽をあび
はじめて土塊のむこうへ
前へ　瞳をまっすぐにそそいだ。

鉄橋のおと

鉄橋のした。紀の川の夏はかっぱの天国。潜水した三本ヤスのさきにはヘバ　エビやフナがつきさされ　陽光は銅いろのうろこのひとつひとつにあかるい。　アルバイト学生のぼくは川原の掘立小舎のなかで　へんぽんと赤旗をたててこども・かぱ連中の見はり番をする。鉄橋はながながとのび　二十二のはしけたのうえににぶいさびいろの鉄骨をよこたえ　その腹にまくら木のかげがくし歯のように並ぶ。太陽はようやく天頂の軸からすこおしかたむいたところだ。ごご・にじ・さんじゅっぷん。きっかり。鉄橋をとおるでっかいくろい胴体の群れとそのぎら・ぎら油ぎったマーク。神話のあかいはねのあるうま。ひい。ふう。みい。よお。いつ。むう。なな。…とおる巨大なタンク車の行方は誰も知らないのだろうか。　くろいかげの通過。はちねんまえ。アメリカ占領軍の戦車と武器をすばやくはこぶために　たちならぶ農家と田畑をつぶして　つくられた龍華操車場をとおって日本の動脈　国鉄幹線へながれこむこの黒い血液は四十八時間のタイムを短縮して　基地と独占資本の利益のためにばく進する。敗戦じゅうねんすくすくと育ってきた　せんそうもしらない河童たちの群れはきら・きらとひかりをはねかえすみずにくぐってわらいはじけたわむれているがごご・にじ・さんじゅっぷん。米国・スタンダード・ヴァキュウム石油会社のマークをべったりとはりつけた東亜燃料初島工場のタンク車は鉄橋をいそいで通過していくのだ。それは　さながら　ぼくたちが　怒りの石つぶてを川原から無数になげつけるようなおとをたてながら。　があぁん・があん・があぁん!!

旗とちょうちん
―沖縄問題抗議デモに参加して―

たそがれに染まった旗のように
希望は始まるのだった。

ここでは
ふくれあがった樹木の広場。
ひとびとが埋まり
人民の赤い旗々は
ずうっと向うの果ての空と一緒に
たそがれのなかに沈みこみながら
烽火のごとく
インデアン・レッドに燃えている。

あそこでは
ひとびとのうえで
ジェット機は偽の平和をおもわせ
海は憤怒の夕焼けを
繰りひろげるのだった。
平和を売ります。
自分の利益のためにはばたく
こうもりたち。

おまえにはこのたそがれはふさわしくない

ここで
ひとびとの語り交わされる言葉は
お　き　な　わ　であり
夜のあいさつであり
七百いくつかの
鉄条網の鋭い尖った痛みをうけて
苦しんでいる祖国への愛であった。
それは
赤いちょうちんの小さな火。
ひとつひとつ
旗竿の先
広場の石垣のうえ。
プラカードのした。
恋人を想うこころのように
たそがれのかぜのなかで

ふるえている。

そしてあそこで
三十万町歩の農作物のうえに
そそがれたガソリンは
収穫をなめつくし
農民たちのその瞳は
略奪者の炎をのみこむのだった。
増えていく立入禁止区域と
格納庫　飛行機の車輪。
ブルドーザーのしたで
不毛の土は侮辱を埋めていくから
土に愛撫を感じるひとつの瞳からは
血のような涙を流し
八十万のもうひとつの瞳は
沈黙の怒りを含み
炎のような涙を流すのだった。

そしてここで
もはや暮れてしまった街のなかの
赤いちょうちんと旗と
プラカードの行進は
無数の怒り
炎をのみこんだ涙のようにながれだし
輝き。
かつて農民一揆で燃えたったであろう
その火は
いま、暗闇をつきやぶって
あふれる巨大な火の玉となって
群れ、渦をまき
はげしく　上　下　左　右に
ゆれうごきながら
ひとつの叫びとともに
怒濤のごとく流れはしるのだ。

おきなわ　を　かえせ。！
へ　い　わ　を　ま　も　れ。!!

朽ちる家

大屋根だろうか。
岐阜　白川村でみた
日本家父長制大家族のあれ。

おれは幻の朽ちる家をみる。
ものすごい巨大な奴だ。
大黒柱はといえば
何千年何万年を経たと思われる
檜をぎっしりと密に
何千本何万本と組み合わせ
縒りあわせてぶっ立ててある。
そこから傾斜する暗鬱きわまる
毛髪のように絡まった鎖の瓦だ。
おれはその下で太陽をみたことがない。
のしかかってくる煤けた大棟は
何千柱何万柱もの
しめ縄つきの樹齢をかさねた
楠の支柱を飲み込んだ奴だ。
あそこ　誰の故郷にでも
林立するその柱の数のものすごさ。

大煙突だろうか。
京浜・名古屋・阪神・北九州と
日本大工業地帯にふえていくそれ。

おれは彼奴の巧みな欺瞞をしっている。
倒れていく楠の支柱を

空っぽの筒にすり替え
何千本何万本とぶっ立てているのを。

それら　何ものにもびくともしないと
おもわれる大構造をもちながら
なおも朽ちていくのは
おれとおれにつながる
何千人何万人ものにんげんたちの
次第にみひらかれていく眼が
白蟻になってもぞもぞとはいまわり
その内側へ食い入っていくからだ。

アッシャー家ではない。
Edgar Allan Poe の書いた
アメリカ怪奇小説のあれ。

幻の朽ちる家は
そこで　将棋倒しのように連鎖し
ごう　ごうと崩壊しはじめるのだ。

口のなかの旗

おやっと気がついてみたら
いつのまにか
一枚のぺろりとした赤い舌は
そよそよと
耳の穴から入ってきて
喉元をはい上がってくる
気持ちよいかぜに
いい気になって翻っていた。

おれは旗だよ。
旗というものは

まじめに風に吹かれていればいいのさ。
自分から靡いたり　騒々しく
はためいたりしようとすることは
そもそも立派な威厳のあるものの
なすべきことじゃない。
高い竿のてっぺんで
上品にひらひらしていれば
ひとびとは
おれを見上げてこう言うな。
美しいねといい
愛しているとささやき
いいもんだと話し
善良な奴さとつぶやき
あいつは誠実なしろものだと相づちをうち
信頼できるよとね。

旗は　無傷で
泥に汚れず
破れもせず
血にも染まらず
汗臭くもならず
高い竿のさきにとまっていた。

おまえを
前進する旗だと
上を向いてほめた奴らが
下を向いてつぶやく陰口も
横を向いていう中傷も
そこまで聞こえまい。

おまえはすっかり
ただの飾りものにされてしまったのさ。
気がつかないのかい。
赤い旗というものは

人民のなかでこそ
赤い薔薇のように咲き誇り
たおれた人たちの屍を
やさしく抱きしめてやり
汗をながし
暴風のようにはためき
うしろから逃げだそうとする奴の
頭をはたいてやり
勇気づけ
ときには　おまえの体にアルコール分が
多すぎるとやさしく忠告してやる。
それが大切なんだと思うな。

旗よ　いつまでも
おまえがそんなところで
いい気になってそっくりかえっていると
エセ・進歩主義者や
エセ・コミュニストどもが
マルクス主義とかの流行を
すっかり身につけて
悟ったようなことをしゃべっているのが
心地良いそよ風のおとにきこえるのだ。

なにをしても　結局は自分のためだ。
世の中って　こんなもんだ。
それもそうだが　これもこうだし
相手の立場もようわかる。
どっちにしても
敵にも味方にも
一理はある　というものだ。
便利な言葉はいくらでも
煙草のようにポケットにあって
ところかまわず　吸うては吐き
自己批判というやつは

自分ひとりでこっそりとやるもんだと思い
新聞の文句はおおきな声で
お経のように唱えてばかりいて
知らず知らず
人間どもをホコリだらけな
安もの骨とう品の仏像みたいに
動かなくしてしまう奴ら。

口のなかの赤い旗よ。
おまえはいまこそ
ひとびとのなかにいて
毒舌を暴風のようにはためかせろ。
敵は敵だとはっきりさせろ。
味方の旗はただひとつ。
人民のなかにある赤い旗。
つまらない人情和合に
つばきをひっかけろ。

詩集『歴史の本』（一九七二年）抄

夏の種子

一瞬の閃光（ピカ）が
地面のすべてを　不毛の向うへ
なぎたおしてから
緑色をしていた意志は
瓦礫のように　こなごなに破壊されて

原爆ドームの
もろい構造を　必死に支えているもの
ぎりぎりの
なぎたおされた地面への
同化しようとしない
抵抗の構築物である

地面を
人間の胸にたとえたら
どうしても開いてみせねばならない
地中深く埋もれた
夏の種子がある

あの時からの拒絶の殻は
何重にも胚芽をおさえつけて
誰も　気づこうとしないか
誰も　知ろうとしないから
誰も　憎もうとしないか
誰も　愛そうとしないから
夏に向って
集まってくるひとびとは
誰も　そのことがはっきりと判ってしまうから

夏の種子は
水のしめりを含ませて
ゆっくりと地中に根をさし
固い殻を押し上げ
緑の芽を地表にさらしながら
一枚一枚の葉を
確かに茂らせていくことが
夏になると
貴方の胸に

日常のなかの地図

いま　あなたの手元に
ぶすぶすと銃剣の突き出た
一枚の　沖縄の地図はないか

日常のなかには
確かに
戦争を書き入れた
古ぼけた地図があった
いつのまにか
数多くの日用品や　家具類にまぎれて
ピカソの鳩の絵とともに
折りたたまれ　忘れられていた
家の中には
玩具売場から買ってきた戦車が走り
テレビ画面に映しだされた戦場があり
新聞紙上で血の匂わない殺戮がおこなわれて
色あせた地図には興味がないのか

たとえば毎日の仕事が
有刺鉄線に囲まれたなかでの
爆音の振動にふるえながらの
火薬のにおいが漂う時間を刻むなら
恐怖を沈めて
身の安全をはかるため
あわてふためいて
新しい緑色の地図を手に入れようと
思いなおすというのだろうか

あなたの内ポケットには
極彩色の印刷や
商業主義的デザインに飾られた
異国的（エキゾチック）な南の島の
観光地図がはいっていないか

あなたは　日常のなかへ
用済みの観光地図を
投げ捨ててはいけない
それは　二十万人の血を吸った地図

地形が　すっかり変った地図
銃剣の突き出ている一枚の地図
日常のなかに一枚の地図をもつこと
もし　突きつけられている銃剣の刃先から
どんなに距離がはなれていても
彼奴らの面前で
ノウを言える距離を確保すること

ブラック・ブルース

生まれたときから
ここで　生まれたときより
おれたちは　足の先まで黒いのだ
この広いアメリカ大陸では
おれたちの黒は　罪なのか
黒い差別をうけるのは
生まれたままの　おれたちの皮膚なのだ
だが　おれたちは魂までは黒くない

おれたちのアフリカは
ルムンバの太陽が
密林の奥深くまで照らしているのに
おれたちは　戦争に狩りだされ
ヴェトナムに連れだされ
他国の土地で
打ち殺される烏（からす）の　みじめな黒さで
いつまでも　おれというのか

おれたちには　わかっているのだ
ジョンソン大統領（プレジデント）よ
人殺しの嘴で
人民の富を喰い荒らすのは
禿鷹の鼻をもったおまえなのだ

黒いのは　おまえの腹のなかなのだ
どす黒い不気味な魂をもっているのは
おまえたちなのだということを
おれたちは　わかっているのだ

太陽にみがかれた光沢の肌
黒い肌でとり囲んだ
白い家（ホワイト・ハウス）からは
十万のとり囲んだ黒い群衆（ブラック・パワー）が
隷従の眠りから醒めた
黒い瞳にみえるのか

だから　おれたちは
徴兵カードを　焼き捨てるのだ
暗黒のアメリカを
真昼のように　照らそうと
おれたちの　意志の炎で焼き捨てるのだ

それが　ほんとの愛国者なのだ

生まれたときから
ここで　生きてきたのだから
おれたちは　大切にするのだ
黒い肌の　素晴らしい生命と
いまは　どす黒い繁栄におおわれていても
おれたちのアメリカの行く手を

だから　アメリカよ
おまえの　もっとも深いところで
解放の瞳を光らせて
まばたきもせずに
激しくおまえを見つめているのだ
生まれたときより
黒い差別をうけながらも

ある重なり

千米離れたところから　鉄かぶとを
ぶち抜くという
一秒間に　二十発の弾丸を
発射できるという
日本製武器（メイド・イン・ジャパン）　自動小銃の話から
あたかも
ヴェトナムのアメリカ兵のように
かまえてみせる職場の若い同僚

君が狙いをつけた架空の人影は　誰だ

ラッセル国際法廷に立ち
ナパーム弾でひきつった全身の皮膚に
多数の柔らかな視線を浴びながら
侵略者の戦争犯罪を証言しようとする
八歳の少年　ド・バン・ゴクが標的だ

おれの首を守るだけでよいのに
何故　ヴェトナム戦争にまで
首を突っ込む必要があるのかと
職場集会で発言した一人の同僚

君が認めようとしない死者は　誰だ

自らの肉体にガソリンを沁ませ
抗議の炎と燃えあがり
祖国の大地に　赤い花を咲かせた
若いヴェトナムの女教師
ファン・ティ・マイのもの

自分さえ死ぬのでなければ
おれも一度は戦争に行ってみたいと
ヴェトナム行き
L・S・Tの乗組員のニュースに
冗談をはずませて面白がる同僚

君が行こうとするのは　誰の祖国なのか

ヴェトナム特需の武器を運んで
そこで　アメリカ兵と同じように
日本人の彼は死なねばならなかったのか
その死の引き金をしかけた装置は
日本の日常に密かに連結されていて

君の　気づかない日常の
じわじわと重ねあわさってくるもの
君が狙った
君の可愛い子供たち
君が認めなかった
君の愛している妻のやさしさ
君が面白がっている
君の職場にやられてきている合理化

二重に重なるものを明視するときは
何時だ

天空（そら）の枢（ひつぎ）

あんなに　真っ青な空だから
無限に広いことへの安心感で
振り仰ぎもしないとき
日常の生活で
二十リットルの空気を

毎日切り取っている
無限にみえる空は
幻想された檻となっていた

鉄格子のみえない檻は
侵される人間たちのうえに被さり
閉じ込めたモルモットたちにして
〇・一ＰＰＭの人体許容量を掛けると
一日千トンに近い亜硫酸ガスを噴出させる
大煙突群の計算式は
アウシュヴィッツのガス室に取りつけられた計器
　のように
幾千万人かの殺人を予想する

彼奴は集中させた資本の数値に
拡散させるガス量を反比例させ
無限にみせかけた空間へ
貨幣への執念を吐きつづけるが
その黒々とした犯罪を許さないため
人間たちには　決してとどくことのない
彼奴らの非日常の言葉を
ばらまかさせることなく　打ち砕くこと
仕組まれた統計の格子を
彼奴らの見えない陰謀を告発すること
多数の眼をあつめて
青々とした意志を貫ぬくときは
檻に封じこめられた人間たちの
開け放つ日常の願いが
天空の柩を仰視するとき

＊　人間一人一日二十リットルの空気を必要とする。

歴史の本

1

はるかな太古。　人類が　最初の労働にいそしんだころから　石は　ひとつの愛する形象(かたち)であった

太陽巨石文化といわれる　人類社会の最初の巨大な遺跡。　メイヒール。　ドルメン。　トリリート。　クロムレックス。　アリニュマンたち。

石も　人間も　素裸のままで　大地のあいだに向いあっていた時代。　そのとき　数百人の人間の集団が　一つの巨石を　たとえ　太陽を狙った　地軸の構成のうえに　屋根のように置こうとも　そこに　石の重みはなかった

明るい北欧の曠野のなかに　むちの響きも聞こえなければ　石を刻む苦痛のうめきも　なかった。　耕やそうとする土地のなかに埋もれ　女体のように横たわっていた　自然の素石をはこぶことによって　一つの輪をつくり　愛の掟をもとめたにすぎなかった

想えば　それは　生誕するものを　形づくっていたかもしれなかったし　かれらの　やさしい愛の呪術が　まつわりついてあったかもしれない。　すべて　その周りに　ばら播かれた種子たちのあいだに　人々の肉体が　あおむけになって　光のくさびが　無数に降ってきて　石をたたくのを耳をそばだて　聞くのが楽しみであったのかもしれない

夕陽のかがり火に　石の群れが　その肌に　燃え

るようなゆらめきを　移していくときの　かれら
の祈りの言葉のなかには　熟れた小麦のとげが
肌をさすような　ちくちくしたここち快さが　プ
リズムの色彩のように　きらめいていたかもしれ
ない

そこでは　石は　人間と　ただふたつの異なった
場所によってのみ　つながっているだけであった

住居と祭壇

それが　かれらのあいだの関係であり　行き交う
唯一の　親しい　なれた路であった

2

いったい　それらは　何時の時代から　人間の肉
体のなかにはいりこみ　外側の歴史に順応し　あ
るいは　抵抗しはじめたのだろうか。　最初に
石が　人間の肉体につきささってきたというの
は　これらのひとつの共同の輪にむかって　人間
たちの力が　石をはこぶときではなかった

ヘラクレスのような　たくましいかれらの腕力
と　弓とが保っていた　ひとつの均衡がやぶれ
放たれた鋭い矢じりが　その恐怖とどう猛さに
あおられたように駆け走る　野生の動物たちの肉
ふかく　つきささって　痛みと死が　より確かさ
をましたとき

幾何学的なシンメトリイに　かたちづくられた
野獣の頭蓋骨のうえに　打ちおろされる石斧の
にぶい響きと　歓声が　とおく忘却のかなたへ
と　去っていきつつあるとき

それら　すべての労働の用具と　武器が　青銅の
つややかさと　鉄の沈んだ冷たさとに　とってか
わった時代。　あれから　ながい時間が流れたと
ころ。　石は　こつ然と砂漠のなかから　巨大な
四角錐のかたちをして　人間の肉体へ　つきささ
ってきたのではあるまいか

もう　あおむけになってみたところで　素肌の石
たちに　ふれることのない　とおい地平線のひろ
がりまでも　ひとりの支配者の言葉が　鉄鎖の響
きに似て　ふりかかってきたとき　石は　みずか
らの存在のために　変貌を強いられねばならなか
ったのではあるまいか
なれた　親しかった路は　ひとりの支配者の墓場
のためにさえぎられ　ひとつの輪の周りに集まっ
ていた穀物たちは　そこから別離し　歴史の流れ
に沿うように　並列しながら　河辺にむかってい
った

そこには　葦が茂りはじめていた

何度となく　そこを　激情のように洪水がとおり
すぎ　沃土の蓄積が層をなした　ナイルの岸を想
いうかべてみよう。　乾燥した砂漠の空気のなか
で　それでも　ピラミッドは　烈しく燃えあが
る　赤い太陽を運命のように背負わねばならなか
った

ここではすでに　ひとりの支配者があり　何万人
の　石をはこぶ奴隷がおり　それらの人々は　鉄
鎖によって奪われた自由と　むちによって強制さ
れた労働と　シジフォスの苦役に似た苦悩と　死
によって死者の書を刻むべき石をもたない恐怖と

を　四つの稜として　ピラミッドの頂点から　幾
何学的に放射しているのをみるだろうが　その底
面に　どれだけの変形させられた石が　沈んでい
るのか　はかりしれない

死者の書

彼の貪婪な　石への執着が　なにを意味したのか

3

そのときから　人間の世界のなかで　わずかにで
も　生がうごきはじめたのだろうか。　あの奇妙
な謎をもちかけてきた　半獣神スフィンクスの存
在は　それを意味するのだろうか

石が　生誕と死滅との間に　立ちふさがり　人間
たちは　そのあいだを　ひとつの迷路のように歩
かねばならなかった。　どうして　それ以外の時
があり得ただろうか。　逃れることのできない
巨石の破壊は　こうしてはじまったばかりであっ
た

鍛えあげられた鉄製の武器と　おおくの穀倉を所
有した　わずかな人たちによって　ちいさく壊さ
れていった石たちは　あの森や　河川の曲がりく
ねりや　湖や　ひろい農園にみられる　きらびや
かな四季の移り変わりにおおわれた　土地のうえ
に　いくつかの城塞を　そびえさせていった

そこには　もう　あの女体のような素朴な曲線も
なく　幾何学的な稜をもったピラミッドの単純さ
もなかった。　石は　ひとつひとつたんねんに砕
かれ　巧みにはめこまれていった。　そして　あ
る程度の美学を装いながら　人間の肉体につきさ

さり　頭脳のうえにのしかかってきていた
ぼくたちはみるだろう。　世界美術辞典のペエジのあいだの　丘や湖のそばのいくつかの館と　東洋の町にそびえる　扇状の屋根の積み重なりを。　複雑な美学構成のうえにたつ　古ぼけた主人のいない形骸を。　その時代　かれらの　腰をおりまげ　泥まみれな　かぎりなく続く労働は　そうした石の支配への服従であったのか。
石は　まだ　そびえたつ天主閣を支え　いくつかの尖塔を支え　沈黙していた

確かに　支配者たちの歴史は　血を流していたが　さらに　そのふかい底のところで　石はうめき　もだえ　それより多くの血をあふれさせていた。　だから　時がたつにつれて　石の肌は　どす黒く　沈んだ色をあらわしはじめていた

ぼくたちは感じるだろう。　石のもつ　すべての美しさは　支配者の美学や　嗜好のなかに　はめこまれ　くみたてられ　敷きつめられた　そこにあるのではないということを。　そのひとつひとつの石が耐えてきた　重みと　黒ずんだ肌のなかにこそ　隠された美しさがあるのだということを

城館

さらに石は　ながい歴史のなかで　生と死の間において　いくつかの尖塔と　はね橋と　高い扇状の屋根の層と　白壁を　つくりださねばならなかった

4

だが　血をながす支配者達の歴史が　おおくの石

を構築する位置にあったとき　外側に　石を所有できない　おおくの人間たちは　それぞれの肉体の内側に　秘かに　一個の　貧しい石をもちはじめていた。　たとえ　それが　祈りのつぶやきであろうと　忍従や　屈辱に固められたものであろうとも

持ちきれないほどの石を　私有する　わずかな人々によって　自然が　分割されていったが　天空の彼方から伸びてきた　神の手は　貧しい石を拾うようにして集め　教会の鐘の響きに　中世的な掟をふくませ　石の十字架を　かれらに背負わせていた。　それら　内と外の石の集積が　ながいあいだ続いたが　次第に　人間たちは　自己のうちに隠しもった原石を　つやつやしたものに磨きあげようとし　愛の営みのときの　こまやかな肌をもったものに　つくりあげようとしていた

このとき　かれらが　最初に海をみたときよりも　さらに海が必要なときであった。　何故なら　海は　流れこんでくる河川から　いくつもの石を呑込み　ゆれる波によって　石たちを磨いていたから

何故なら　航海図のうえでは　さらに多くの石が　この世界に存在する筈であったから。　かれらは　巧みに船をつくり　三本帆檣をたてて　風に吹かれながら　まるで　お伽話のように　海を進んでいった。　この冒険者たち。　誰よりも先んじて　肉体の内部にもつ石を　とおくへ投げようと試みた人間たちによって　やがて　古びた城塞も　教会も　見えない崩壊がはじまり　それらは　もはや去っていく歴史に属し　美術辞典の写真となり　古ぼけた書斎の油絵となっていった

城館や　教会の鐘楼のみえる　村々や　町々。森かげや　川のほとり。　海辺や　丘のむこうに　小さな仕事場をもった　かじや　皮なめし工　車だいく　舟だいくたちが住みはじめた。あの時代　巨石をはこび　ピラミッドをつくりさらに　いくつかの均斉の美学をうみだした道具は　ここでは　さまざまな人たちに使われ　まったく別な法則をつくりだしつつあった。　かれらのあいだを　商人たちは　忙しく行き交い　形の似かよった石を集めることに　利益を求めていた。　そして　からからと廻る糸車から　紡績機へと移り変わっていったとき　すべてのことは新しい確かなこととなってしまった。　ぼくたちの時代の　学問的な言い方をすれば　それは　産業革命とよばれているものだった
機械（マシン）
そのしたに　ふかく沈み　次第に固まり　ひとつの基礎となって　石は　あたらしい登場者のふるえを感じていた

5

もはや　この時代では　石といえば　あの太陽巨石文化や　ピラミッドや　城塞のそれを想いだすわけにはいかない
すべての　それの属するもの　あるいは　人間の肉体のなかにひそむ　孤独的な愛や　意識をさしていた。　だが　人々は　生活するものを　自然にもっていた　原始への郷愁をすてたのではない。　たえず　そこにたちかえる　石の　原形を求めていた

たとえ　大都会の　ロンドンや　ニューヨーク　東京の　高層建築物の下敷きとなって　コンクリート・ミキサーに攪拌された石たちが沈黙しているとしても。　あるいは　都市の舗道のしたに埋められていても。　工場の機械の　無気味な響きを意識したとしても。　朝の通勤電車のつり皮にぶらさがって　石の振動を忘れていたとしても。　ちいさな家を建てて　その庭の囲りに　石垣を築いたとしても。　死者のために　いくつかの墓石を刻んでやったとしても。　愛していたはずのふたりに　不意に訪れた沈黙のなか　かちりとした冷たい石塊のぶつかりを意識したとしても。　いつかは　あの　逃がれることのできない原始の法則が　よみがえってくるにちがいない。　それは　ひとつの　帰っていく郷愁の　螺旋の輪であったから

だが　資本の世界は　巨大な　大量生産を試みる砕石機械であり　石は　時がたつほど　一層　壊されるのだった。　だから見失われたものやかたちを　探すということは　むずかしいことであった。　そして　誰もが　自分の石を　秘かにかくしもっていたから　それらを　ひとつの共同の食卓石につくりあわせることは　さらにむずかしいことであった

まさしく　いま　世界は　偽の憎悪がかりたてられ　殺戮をくりかえしている。　戦争というものが　無数の砕石を　いとも無造作に投げ捨てるようにしておこなわれ　巨万の富を手にするのはかれらであり　ひとびとの　隠しもっている石すらも奪い　お互いの願望を語りあうことを拒むのも　かれらであった

むずかしさということ。　それは　この時代で
は　複雑さという呼名をもつ　混沌と　分裂と
支配者たちの圧迫と虐殺を意味していた

だから　過ぎ去った歴史から　なにを選ぶべきな
のか　あの巨匠ミケランジェロが刻んだ　ダビデ
のにぎりしめている石なのか　素朴な労働にひた
むきにとりくんでいる　クールベの描いた　石割
人夫の砕く石なのか　それらにつながる勇気と労
働について　語らねばならないし　いまこそ　賢
い手と　鋭い目を　持つべきであった

勇気をもつことは　いまは　確かな憎悪でなけれ
ばならなかった。　石は　孤独な愛のためにある
べきではなかった。　過去への涙にまみれた郷愁
のために　石を　暖め持つというだけであるべき
ではなかった。　それは　素朴な労働を　巧み
に　近代的な装いをもって支配する者への　一切
の憎しみのためにあるべきであった

孕んだ女の眼をみることだ。　石が　愛から憎し
みへと　見事につながっていくのは　ぎらぎらし
たその瞳のなかへ　搾取の風景が映って　影をお
としても　自らの肉体のなかに　誕生するものの
確かさを信じているとき

大煙突群とコンビナート

そこでは　人工的な　偽の季節をつくりだし　再
び人々を欺こうとしていた。　かれらは　数多く
の造形的な装いのしたで　季節を破壊し　機械的（メカニック）
な構造の歯で　人間たちの肉体を喰いちぎり　そ
の内の石を　再び盗みとろうとしていた。　だ

が　どれほどの策略をもちいても　人々は　もはや　かれらの欺瞞のまえに　お互いの石をさしだそうとはしないし　かれらのために　資本の構築をはかろうとはしないだろう。

未来に必要な　共同の食卓石は　自分たちのために　つなぎあわせ　つくるべきだということを誰もが知りつつあったから。　かれら　支配者の位置にあるもの　それは　ブルジョワジイと呼ばれていたが。　ながいあいだ　おおくの石を　私有してきた　数すくない人間たちの　いきついた　最後の　死滅の呼び名であることも。

詩集『火送り　水送り』（一九九四年）抄

積もる

清潔を売りものの老市長は
通じの悪い腹ぐあいのような街に
おれたちから金を出させて
病弱な腸のような下水道をつくり
海辺に下水道処理場を建設した
〔心配ありません
処理後は
飲める位の水にして放流いたします〕
おれたちは公約の処理を信じすぎ
ついうっかりとだまされて
気がついたら
四年の間に一メートルもの汚泥が積もっていた

汚泥が積もる
おまえたちの腹ん中から排せつされた
汚い政治が積もる
どこまでも積もる
おまえたちの腹ん中にも
汚い金が積もる

おれたちの海は埋めたてられ
切り紙のように切り取られた海にまで
汚泥が　層に積もる
驚いたおれたちがお願いに行くと
〔なんとかいたします
　再選ののちには
　政治手腕を発揮させてもらいましょう〕
だが　次の四年にまた一メートル
おまけに底の方からぶつぶつと

メタンガスまでふき出して
街中に悪臭がたちこめはじめた

汚泥が一層積もる
ハマグリ　アカガイ　トリガイなどは
固く閉じた殻も役立たず
累々と死に絶える
おれたちの胸ん中にも
腐臭がつまる

おれたちを死んだ貝殻のように
汚い政治の堆積のしたに
埋めてしまおうというのか

ついに我慢できなくなって
おれたちは老市長に抗議に出かけていった
〔会わないとはいってません

そんなに大勢で
　押しかけられては話になりません〕
なが年の汚職の積み重ねのしたから
おれたちの怒りが噴きあげる

ひとつ　沈澱　汚物　汚泥は
絶対　海へ放出しないこと
ふたつ　おまえたちの壊れている
下水処理場をすぐに修理すること
みっつ　われわれは一切の公害に反対する
以上　宣言する

これからは　おれたちの怒りが
積もる

夜を咳く

日常に訪れる夜を
暗闇の長さで測るとしたら
いつしか
おれの肉体は　蠟燭のように

十数年前　三宝新田の此処に
西からの　磯くさい季節風に
一つか　二つ　咳を
しただけなのに
十数年経って　いまは
夜をとおして
百を数える咳が出て

千を数える咳が続いて
くの字に曲げた背骨まで
畳表に　くっつくほどに

一つ咳くと　生命が燃えて
百も咳くと　生命が痩せて
千も咳くと　生命が絶えて

日常の過ぎる毎夜を
暗闇のひろさで測るとしたら
蠟燭の
炎に照らされた世界だけに
おれの不眠の時間が流れ

ああ　深すぎる毎夜の苦悩に
咳くごとに　暗闇を喰いちぎり
夜じゅう　のみ込むものだから

ああ　憎しみの日常は
咳けば　咳くほどに
おれの口から　ちぎれた臓腑が飛散して
暗闇は血なまぐささに満ちていくから
虚ろとなったおれの肉体へ
どろっと暗闇が流れ込んで

咳いても　咳いても
ざりざりと続く夜の時間は断ち切れぬ
大煙突群の排出口から
暗闇の中へ　びっしりと充満させる奴ら
新日本製鉄の
関西電力の
ゼネラル石油の
関西石油の
興亜石油の

堺・泉北臨海コンビナートが
おれを　蠟燭のようにしたのは

あと　しばらくで

日本で　一番巨きくて
世界で　二番目に古いという
びわ湖の　特産で
ゲンゴロウブナや　ニゴロブナと
ビワコオオナマズや　イワトコナマズ
ボテジャコ類は
生きている湖水の証であるわけで
みなさん　五百万年も続いた
千三百万人の水がめは

あと　しばらくで死滅して
あと　しばらくで埋めたてられて
工場廃水がたれ流されて
自浄作用を失って
予想もしない　巨大な屍体を
湖面いっぱいに浮かべることになり

あと　しばらくでプランクトンをくった
エビ・ザリガニ・フナをナマズがくい
食物連鎖のつづきで
死臭のびわ湖を
こんどは　人間が
食べることになって
一杯のコーヒーが飲めない
きつねうどんが食べられない
みそ汁とめしが喰えない

そんな時代があとしばらくで
あと　しばらく待ってみて
水道の蛇口をひねると
尾っぽの腐ったびわ湖特産ボテジャコで
奇形魚が　にゅるりと出てきて
次から次へと
背骨の曲がったやつ
関節のはずれたやつ
骨の短縮したやつ
消失したやつ
にゅるりにゅるりと続いて

あと　しばらくで
あなたは奇形のびわ湖を
にゅるりと飲んで

みずの舌(べろ)は

舌(べろ)のようなみずのかたちの
びわ湖は病んで
それでも貯水量二百七十億立方メートルの
日本一の湖なので
京阪神一千三百万人の飲み水を
毎秒百四十トンも放出しなければならず
妙なことだがそのとき
舌を出す　舌の根の乾かぬうちになど
舌についての文言を連想して
舌は禍いの根(もと)という諺までおもいだし
あらためて舌のはたらきを考え
言葉の音声に変化をあたえる
はたらきのあることがわかり

日常の　なにげない会話にも
愛しさや　やさしさが感じられるのも
舌のおかげだと
知っていて当然のことだけど
消化のはたらきや味を知るはたらきもあり

味といえば湖国を代表するものはこれで
千三百年の歴史をもつといわれるフナずしは
一匹七、八千円にもなってきた高級品の
ニゴロブナをじっくりと漬けこんだものだが
すしの原型といわれた独特の臭みと
舌にさわやかな酸味を味わわせてくれ
イサザにエビ　モロコや小アユのあめ煮や
名物の瀬田シジミのみそ汁とごはんもあるが
びわ湖にだけ生息する固有種は
ほぼ絶滅状態となってきており
ずっとまえから　みずの舌（べろ）には異変がおきて

カビ臭い水に悩まされつづけているけれど
うまい水を思うように飲めなくなって
名水のラベルがはられた
自然水やミネラルウオーターが
飛ぶように売れては料理にまで使われて
うまい料理によい水が必要条件でも
まともな舌でなければ美味もわからずに
食べ物には四気五味があって
人間は一枚の舌にすべてをたより
寒　熱　温　涼　酸　苦　甘　辛　鹹などを
日常の食卓で味わっているわけで
口腔底へすっぽりと収まっている舌に
味覚・触覚と咀しゃくや嚥下を助けてもらい
生きる喜びを味わっているといえ
地面のくぼみに収まって湖底に沈んだ

みずの舌が病んでしまっては
どうすればいいのだろうと考えるけれど
巨きなかたちの舌はいま
湖辺からはじまる生態系の破壊で
ヨシ群落から付着藻類と原生動物につづき
動物プランクトンへ　魚類　鳥類までの
自然の食物連鎖をこわしてしまって
ガンのように冒されはじめているから
赤潮とアオコの大量発生が繰り返されて
次第に背骨の曲がった変形魚もふえはじめ
時には数百万匹のアユが大量死して
ヨシ群落は　いつのまにか消えては
エビモ　クロモ　ササバモなどの沈水植物や
二枚貝やエビ類も続々と死ぬことに
タナゴにイサザ　ビワマスなども激減して
激減することは知っているけれど
減るわけがないとばかりに
また下流へ放出する都市用水を増やすという
マイナス一・五メートルは未経験の水位で
上下する湖面の影響は予測がつかず
ついで　びわ湖の周囲にも
マンション　ホテル　ゴルフ場を増やす
リゾート・ネックレス構想まですすめており
まさか増減の天秤を
人間と自然の間においてまで
儲けを測ろうとする人間の
舌を巻くような謀略なのではと

巻けない舌は底から病みはじめ
食物連鎖では何千倍にも濃縮されるという
残留ＤＤＴがほぼ全域に堆積し
湖底の無酸素状態もじわりとひろがってきて
泥から有機物が溶けだし

プランクトンの異常増殖に拍車をかけて
このままますすめば二〇一〇年には完全に
窒息した水は死ぬかもしれず

それではおしまいで
うまい水どころかうまい料理にも
舌つづみを打つこともできず

舌根沈下で
舌を嚙むようなことだけは

ウェールズの羊

びわ湖は
日本最大の淡水湖で
一千三百万人の水がめといわれているが
面積六百九十四・五平方キロメートルを
放射能に汚染した印の
水に溶けない赤い塗料で染めるなどとは
とうてい不可能なことと思われ

英国　北ウェールズ地方では
二万頭をこえる羊たちの背中に
洗っても落ちない青い塗料が塗られて

広島型原爆の　五百倍もの
チェルノヴィリの放射能雲は
まず白ロシア地方へ
さらに　バルト三国をへて
スカンジナビア半島より
アイルランドまで
一週間おくれで到着し
折からの雷雨で

北ウェールズの放牧地にたたき落され
約二百万頭の羊たちが
汚染地域に入っていて
ウェールズの羊肉から
放射性物質　セシウム137が
キロ当たり三千三百ベクレルから
許容基準千ベクレルに下がるには
三十年もかかると
英国農地所有者協会は発表したが

びわ湖は
原発銀座といわれる若狭湾より
たったの三十キロメートル程で
チェルノヴィリ原発事故の
それは居住禁止区域ほどの距離で
関西電力　九基
日本原子力発電　二基
動燃事業団　一基
合計出力九百九万キロワットが運転中で

敦賀原発二号機が
一九八八年三月四日深夜に
急激な出力低下で緊急自動停止して

美浜原発三号機は
一九八七年十二月二十五日
金具脱落で運転停止となり

高浜原発二号機では
一九八八年三月四日
制御棒集合体四十八体で
被覆管が摩もう減肉していて

大飯原発一号機でも

一九八八年三月初め定検中に
蒸気発生器細管の
九百三十六本に損傷がみつかり

それまでも事故は続発しており
住民は　強い抗議をしているが
隠されていたこともあり

敦賀・美浜・高浜・大飯の
原発十二基のどれかに
過酷事故といわれたチェルノヴィリ原発の
炉心溶融（メルトダウン）がいつおこるか知れず

その時
ウェールズの青い羊たちのように
被曝したびわ湖には
放射能汚染の印を
どのようにつけるのか
あなたの家の蛇口から
赤い水が出だしたときには
もう　おそいが

火送り　水送り

眼だけのぞかせ
すっぽり顔面おおう三角頭巾や白布の
異容な黒装束　白装束の
塗黒の闇へ　松脂（やに）がはじけ
すすむ松明行列の
壮観な火送りは
神宮寺を出て　鵜ノ瀬へむかうが
千二百年も続く儀式の姿こそ

全面マスクの放射能防護服を
着たひとを連想させており
若狭のお水送りは　その時
鵜ノ瀬川の流れが止まるといい
高浜　大飯　美浜の原発は停止せず
百キロ圏のうえにある奈良へ
東大寺二月堂へと
地底をもぐっていったという
黒白の二羽の鵜となり現れて

黒白の雲になり現れるかもしれず
風向きや風速によっては
危険な百キロ圏の地域だから
風向きを調べ
そのときの風速とほぼ同じに
放射能雲が移動する速さでは
到着するのは何時間後なのか

若狭は　どの方角にあり
避難する向きを見定めておき

見応えのする東大寺法要の
お水取りは　春を呼ぶ祈り
水の祭り　火の祭りと
お堂の高い欄干から
七メートルもの大松明を突き出し
振り回すと
寒夜へ　赤々と火の粉がふりそそぎ
火花の流瀑を身に浴びて歓声をあげ
決して身体に浴びてはいけないから
長袖の服　ズボン　くつ下を着用し
そのうえに　頭から覆える
フード付きレインコートを着こんで
ビニールの手袋をし　長靴をはき
雨が降ってきたら

できるだけ濡れないようにして
風向きを想定し
いくつかの脱出経路を調べておき
見えない放射能物質は降下するので

それでも日常は　天下泰平で
風雨順時・五穀成就の
万民快楽を祈り終えては
童子のかつぐ大松明にみちびかれ
宇宙の神秘を司る役の咒師が
青衣・赤衣の神人したがえて
お堂　舞台下の
若狭井から香水を汲み取っては

汚染された水を
使わざるを得ないときは沸騰させ
甲状腺ガン予防のためには

ヨウ化カリウムを早期に服用し
牛乳や　葉物の野菜はなるべく避け
居住地の汚染の度合いを知って対処して
もちろん住めなくなることもあり
住みなれた渡来の半島の
透明な若狭の湾に　五指をひろげる土地の
伝える火送り　水送りは
日常の漁村に在って
千二百年の時空を超えた
奇妙な符合しあう関係が見えはじめ

見えないものをいつか空中に放出しはじめ
ヨウ素　セシウム　ストロンチウムなどは
微粒子の状態で浮かんで
放射能雲（プルーム）とよび
いまは若狭に　原発が来てしまい
風送り　雲送りに

＊『原発事故』（合同出版）より参照・引用。

地の棺は

未来永劫　開棺することの
できない　地の棺はふえて

七日夕から開棺作業始まり
千四百年のタイムカプセルは
ふたの重さ二トン
古代の石工たちの魂は
建築構造力学の　持ち上げ法考案のすえ
開かれたが

開くことは　決してできないだろう

巨きな　最初の石棺は
五十万立方メートルのコンクリートで構築し
チェルノヴィリ原子力発電の
四号炉を
死者とともに葬るため

そこに葬るものは
百万年も埋めておきたいほどの
つぎにつくられる　地の棺は
死者のひとりを
座棺に似た　容量二百リットルの
ドラム缶につめるとして
偏西風(やませ)吹きすさぶ開拓民の土地は
たしかに三百万人の墓地となり
　いいもんだば
　ここさ　こねえて
　いっつも

どこさいって反対されるもの
ばっかしだ

青森県上北郡六ヵ所村
弥栄平(いやさかだいら)地区および大石平(おおいしだいら)地区の
白鳥の飛来する尾駮(おぶち)沼のほとりへ
使用済核燃料の再処理工場と
全国の原発から吐きだされた
放射性廃棄物を　ぎっしりと
鉄筋コンクリートの専用地下室にいれ
すき間にはセメントをつめ
上部はコンクリートで固め
土を埋め戻して
かくて
不毛の核のゴミ捨て場と

開棺されるとは
予想もしなかっただろうが

六世紀中頃の石棺からは
被葬者の遺骨・装飾品など
権威を象徴する品々があらわれているが

二十数世紀の　未来までも
予想して造ったわけではないだろうが
核の石棺には
ハンフォードちかくの
トムの牧場の　前足の曲がった牛か
サスケハナ川辺に
生い茂った　お化けタンポポや
苦しむ　にんげんたちの
奇形の紋様が　なぜか装飾されて

つぎつぎに　発掘される石棺があり
日本列島には
つぎつぎに　あばくことのできない

巨きな　地の棺ばかりふえて
ここ　若狭湾沿岸にも
ピンク色に変異して繁茂する
ムラサキツユクサの群生のした
辺五十キロにおよぶ
超巨大な　幻の石棺をみたとおもえ

物騒な紛失物

知っていますか
水爆搭載Ｂ52戦略爆撃機の墜落事故を
ひた隠しにしているのを
水爆が　海中で紛失していることを

一九六六年一月十七日
スペイン南部　パロマレス村上空で

衝突したＢ52爆撃機に
広島に投下された原爆の六、七千倍も
強力な水爆を四個積んでいて
二個の水爆から
プルトニウムとウランが散乱し
放射能の汚染で
パロマレスのトマトは売れず
いまも　三基の放射能測定器(コンタドール)で
秘密の測定が続いていて
住民は　疑っており

落下した四個の水爆のうち
三個は地上で回収　もう一個は
八十日後に　海中から回収したと
公式発表はしたけれど
誰も　その現場を見ていないから
デューク米大使は　念を入れ

パロマレスの海水が
汚染されていないことを立証するため
家族の子どもたちまでつれ
脂肪太りした水着姿の肉体を　十分間だけ
春先の冷たい海水に浸してみせ
住民たちに　愛嬌をふりまいて見せたが
疑惑は　いまも渦まいていて

知ってほしいのは
一九六八年一月二十一日にも
グリーンランド北部　ツーレ米軍基地から
十二キロ沖あいに
四個の水爆を運んでいた
B52爆撃機が墜落したことで
放射能で汚染された　雪五万トンを
六百個のコンテナに詰め
米国へ発送したが

作業にあたったデンマークの労働者は
放射能障害で　百人近くも死亡していて
住民は　徹底究明を求めており

米国防省は
海底に爆弾は残っていないし
人間や　海の生物に危険はまったくないと
回答しただけで
誰も　米国を信じていないので
島では
爆発していない複数の水爆が
海中深くに　まだあるという噂があって

知らなくても
水爆が紛失していることは本当で
一九××年×月×日
持ち込まれていないはずの

数個の水爆が
日本近海に深く沈んでいるかも知れず

天皇の戦争

——ほんにのう　戦争さえなけにゃ
みんな　死ないでもいかったろうに
テンノさんは生きておいでだに*——

天をつく恐ろしい大鳥居が九段坂のうえで
登っていくひとを呑みこんでしまいそうに
開いた二本のたて柱と　真直ぐな笠木の間は
生死を分けている空(くう)の入り口なので
靖国の呼び名で数多の死を閉じこめた
そこからの三万坪は偽りに再現された
天皇の戦場なので

死者の血のりをすっかり拭いとっては
九七式中型戦車や艦上爆撃機・彗星に
ロケット特攻機・桜花と
人間魚雷・回天などを
ところ狭しと並べてみせるが
乗り込んだ軍神たちは消えうせて
下賜された軍旗や　勲章の数々ばかりか
軍靴や軍服　遺書までも集めなくてはならず
誰彼のものだか判らぬ死者の物でも
靖国の御祭神の御遺品として
名をもち　死んだ人間の持ち物といえば
わずかに印かんと眼鏡に万年筆などで
たとえ人に繋がる物を並置したところで
殉国の英霊が鎮まります聖域と言い変えても
幽鬼の場所であることは間違いなく
明治・大正・昭和とつづく

天皇の名で始められた戦争のたびに
斃れた兵士たちの
その数　実に二百四十六万人余といえば
死骸累々と高く
三百メートル程には積み重ねた勘定となり
激しく死臭のにおう個所なのに
ソメイヨシノの桜花と
六百余羽の白鳩の飛び交うさまに欺かれた
そこは　仮象の戦場なのだから

虐殺　暴行　虐待　強制連行の
ほんとうの戦場は
天皇の軍隊が侵略したところで
五族協和　王道楽土　八紘一宇をかかげ
大東亜共栄圏と呼ばせていたところなので
そこに　数えきれない大小さまざまな
伊勢神宮を模倣させた鳥居を建てては
大御神の領域をつくりだし

始めは台湾神社を建ててみては
各家に神棚までつくらせたのだが
皇祖アマテラスを祭神にして
満州国に建国神廟と関東神宮を
靖国神社を模した建国忠霊廟まで設立しては
次いで北京神社に蒙疆厚和神社とすすめ
中国では一千万人を
全土いたるところに一千余の鳥居と
官幣大社　朝鮮神宮をつくって
そのうえで朝鮮人二十万人を
此ノ地ヲ万世不易ノ真ノ皇土トシテ
ここにも官幣大社　南洋神社が
紀元二千六百年の記念といっては
必ず島の各地に鳥居を建てては領土に加え
フィリピンで百万人を

インドネシアは二百万人を
ことあるごとに参拝を強制して
頭をさげて鳥居をくぐらせておいては
ベトナムでも二百万人を
社殿を壮大なものにした昭南神社の
シンガポールでは八万人を
高門（ソム・プラト）が祖形だといわれても
鳥居は精神的服従のシンボルの形なので
古代インドの塔門（トラーナ）でもなく
ビルマは五万人　インドは三百五十万人を
天皇の戦争命令で
二千万人を無惨に殺した場所で

そこは大日本帝国の領地なので
鳥居は建てねばならぬわけで
日本の軍民三百十万人の死場所でもあり
バンザイ突撃を敢行して

捕虜二十八名以外二千六百余名全員玉砕の
北はアッツ島から
全軍玉砕したマーシャル諸島と
南に続く玉砕の島々　マキンとタラワも
ガダルカナルのソロモン諸島を下がり
ドブネズミのように追い詰められた
餓死彷徨の島で
防空神社の鳥居まで建てたラバウル辺りの
密林は八千余機の荒鷲の墓と化したところ
幽冥の鉄底海峡に沈む艦船の喪の海で
悪病と飢餓に苦しみながらの
悲惨きわまる南海支隊撤退のニューギニアと
蘭領インドネシアから仏領インドシナに
タイ　英領マレーからシンガポールへ
鉄カブトをかぶったままの白骨が
西のビルマとインドの熱帯雨林のなかに
錆びた銃を握って倒れた兵士たちの

点々と　まわりに散らばった
腐って糸が切れた五銭硬貨のような

どれだけ強い思いで繋ぎとめようと
鎮守の神社（やしろ）に無事を祈念したところで
突撃と戦死をまえにした兵士たちは
天皇陛下に必ず決別電を送ってしまい
一万八千余名玉砕のグアム島が
官軍五万余名玉砕のサイパンとつづき
変形した玉砕の摺鉢山は硫黄島で
太股や内臓がえぐりとられ
屍体まで喰われてしまうほどの飢えの
フィリピンやボルネオ　セレベスに
略光　焼光　殺光を繰りかえすたびに
朝鮮に　満州に　中国にと
狂気の野望のはてまでで
地の果ての白骨兵士たちには
いつまでも天皇の帰還命令は届かずに
愚かな戦闘は続行されている筈だから
懐かしい鳥居が見える鎮守の森を
想い出すことも許されずにいて
橿原神宮に重ねるようにした明治神宮の
大鳥居を建てた末裔たちが生き残り
天皇が始めた戦争の異常さを
密かに懐かしんでいる者たちを集めては
靖国の大鳥居をくぐって参拝し始めており
内に潜む深い闇をひろげようと

懐かしい景色のなかに残り続けてきた
七万九千の鳥居を
再び　闇の中に沈めて欺くことは
絶対に許すわけにはゆかず

＊　島根・山崎長穂さんの記事より。

詩集『海へ　抒情』（二〇〇一年）抄

海の環

あのとき　おまえは
海を見たい　と言ったが
とおいところまで続いている海を
ぼくもおまえも　見ずじまいだった

深緑色に沈んでいる海は
いまでもやっぱりあるんだろうか
おまえの問いかけは　謎となって
ぼくのこころの　海溝の
深みへと沈んでしまったのだ

世界には未だ知られていない

深いいくつかの海溝があって
にんげんは　そこに錘を下ろしているが
ぼくは　どれだけの重さをもった錘を
おまえのなかへ
投げ入れることができただろうか

哀しくも想い出のように
ぷつんと切れた錘の糸は
ぼくの掌に絡みついてきて
いま　あの錘が
どこまで沈んでいったのか
確かめるすべもなくなっているが

ぼくには　計り知れなかった
おまえの海溝と
ぼくの海溝に沈んだ淡い期待と
未知の世界に囲まれている海の
いくつかの神秘の海溝は
未知の落差をつたって
海潮は流れていると

あれから　海は
ひとつの環になって
世界を流れまわっているのだと
ぼくは　理解した

海の容

とおくのほうから　押し寄せてきては
何を　語ろうとしているのか

世界じゅうの海の端が
たくさんの言葉を泡立たせながら

真っ白い歯列のような
並んでくる波濤のかたちとなって
波の　連続してゆれ動くなかに浸って
生きている数えきれない魚たちは
おのおのの必然の関係を保っているから
とほうもない海の広さや深さは
まるで　やさしい愛のようで
海水（みず）の包容を求めて
ひとは潜るのかも知れないが

しかし　碧海の深さは
あまりに神秘すぎて
その海底を覗いてみたいという願望が
いつも果たせないでいるものだから
ひとは　波のうねりに身をまかせるしか
しかたのないことかも知れないと

だが　やさしさよりも惹かれるものは
真底からの　おおきな海水の動きで
怒濤となった貌の海があらわれてきた
そのときのような
海の顔をした　あなたをみていることが好きで

海の通信

振り返ると　日常の海は
ときに　真っ白い歯列をみせながら
歓声をあげ　駆けてくる子供たちのように
ときに　諸要求をかかげ
隊列を組み　迫っていく　われ等のごとく
ときに　統一の腕をひろげて
旗を翻す人民の隊列の
過ぎし年は　波濤のうねり

めくってきた　一枚ごとの　海の頁へ
われ等は　自らの歴史を記したから

いま　新しい頁の端を　われ等の陸地は抱き
船を停泊させ　安らぎの港に錨を沈めているが
遠く　拡がった外洋の水平線へ
真新しい太陽が　昇ると
刷りたてのペーパーは　光の匂い
海は　世界をつなぐ一枚の巨大な紙だから
また新しい人民の闘いを伝え合うために
われ等もまた　闘いの戦列を整え
波浪のように　怒濤のごとく　合図をおくり

いまはまだ　夜明けの
日常の海には　光の匂いが

海の舌は

沢山の舌を持った日常の海は生きていて
塩っぱい湾奥まで舐めにくる海の舌は
ベロ出しチョンマの口から突き出したような
舌の残した懐かしい味覚が蘇り
取れ取れの鰯のつみれか
おろししょうがをのせたにぎりの新鮮さの
忘れ難い味覚の想い出しは過去へとさかのぼって
ひとに何かを呼び覚まさせていくものだから
海を殺すわけにいかないと

南北に長い日本列島の海岸線までも
綾取り糸のように資本の指にからませて
両掌のあいだに欲望の形をつくってしまおうとす

るから
数十万年もの隆起と沈降の変動にあわせて入りくみ
総延長三万二千五百キロにおよぶ
ジグザグの陸と海とジグソーパズルにされた海岸は
地球の周りにほぼとどくほどの長さなのだが
ひとびとの暮らしを褶曲のうえに定着させて
巧みに入りこむ海の舌は干潟や浅瀬を無数につくっては
おおくの水鳥や魚介類を生息させてきたので
海からの味覚は　誰も決して忘れることができないはずで
名料理人の舌のように鋭く塩味を感じるあいだは
海は何事もなかったのだが
湾という湾のすべてを
電動機械(マシン)の糸のこ(ジグソー)で思いのままに切り取ってしまうから
海は消滅し続け　いたるところで死にかけており
コンクリートで固められて海浜の
垂直護岸　消波ブロック護岸　緩傾斜護岸が次々に
自然の波打ち返す渚はわずかで
埋め立てられた海岸は次第に水深を深くして沖へ沖へと
遠くへ遠くへと退く海を取り戻すために
海の舌を摑もうか
まともな塩味が判るまでは
人間の舌に　名料理人のような修業をつませようか

詩集『地の蛍』（二〇〇三年）抄

地の瞳

背を向けて咲く　真っ黄の向日葵は
野の果てまで広がっていく南アフリカの
殺戮（さつりく）された黒人の子たちの眼で

しあわせな若者は　愛のしるしに
デ・ビァース社のダイヤの婚約指輪を
未来を約束する恋人に贈るけれども
世界最大の生産量を誇る
キンバリー付近のダイヤモンド鉱床から
八面体の地の瞳を採掘しつくすのは
支配している白人たちで
支配した多数の黒人の子たちに
未来を凝視されては困るから
艶やかで　真っ黒な顔のなかへ
恐怖と搾取のナイフを突き刺して
厚い唇のうえに瑞々（みずみず）しく光る眼を
深い地層に
埋もれていたダイヤをえぐり取るように
残酷で　残虐な暴力で奪ってしまうまで

しかし終わりの始まりは止めようがなく
どれほど禁止法をつくろうと
シャープビルの虐殺をくりかえそうとも
弾圧装置のメカの眼を
どれほど大量に輸入しようとも
牢獄の　非常事態宣言をつきやぶり
反アパルトヘイトの
アマンドラの叫びは高らかにエコーして

二千三百万人のソウェトの蜂起はつづき
手に入らないトウモロコシ畑に囲まれてくらす
黒い肌に埋もれたように
光る地の眼は
にんげんの尊厳を主張して
不屈の輝きを放って

遠く離れた日本のなかの南アにも
じっと見つめる透明な結晶した
地の瞳が
きっちりとはめられ

＊ 白人による支配が続けられてきた南アフリカでは、長期にわたる反対闘争の後、一九九四年にすべての国民が参加する普通選挙によって、アパルトヘイト（人種隔離政策）体制が倒され、アフリカ民族会議（ＡＮＣ）中心の新しい政府が樹立された。

薔薇の墓碑銘

花弁は炎のように燃えあがり爆発する
蕾は赤く　花は黄金からピンクへと色をかえ
心の記憶に咲く薔薇は
炎のようで　命のようで　真実のようで
永遠の鮮やかな彩色に染めあげているようで
薔薇が好きだったアンネ・フランクのバラは
ただ独り生き残った父オットーから贈られて
平和を願う人びとの手から手へと接ぎ木され
一万本を超えた

武装していない満面の微笑のような
その薔薇が咲くと
多重の花弁が芯から

赤裸々に開ききろうとするように
生命の燃焼をいっぱいに花開くので
人びとの心に静かな哀しみのトーンをあたえ

だから　薔薇を枯らすことのないように
アンネの生命を託されたような思いで
接ぎ木を育てているから　花は次々と咲き
平和の願いのように増えていくから
アンネの故郷フランクフルトへも届けられて
遠くそこから子どもたちの歓喜の声が
ここに聞こえてくるように

アンネのバラの教会の庭にも花は咲き

強制収容所で死んだアンネへの追憶を伝えて
薔薇の墓碑名に

スーパーコンピューターは狂わない

二十一世紀の地球には　びっくりする驚きがあり
　すぎて
天気予報のためにスーパーコンピューターが
一秒間に　三百二十億回の計算をこなしていたな
　んて
今度は　このスパコンのおおよそ千倍の
一秒間に　四十兆回の計算ができる
地球シミュレーターの開発がされているという
これが完成すれば　日本列島の四季も再現できる
　といい
春一番や梅雨入りも　秋雨前線　ブナの紅葉や冬
　の大雪などが
でも　予測できないことだってある

どんなに緻密な科学の機器で予測モデルがつくら
れようとも
予想外の　突然大変化が起こり得ることもあり
たとえば　ヒマラヤの氷河は二十数年間に三百メートル
も後退し
いまも　大きく縮んでいることも
数百年で　ほとんど氷河が解ける計算だが
四十数年前にはなかったショロン東隣の　ツォ・
ロルパ湖は
年々大きくなり　いつ大洪水を起こすかは
たとえば　CO_2がこのまま増え続けると
地球規模の海水移動で　熱塩大循環の変化が起こ
り
海のコンベヤーベルトと呼ばれている深層海流は
二十一世紀半ばには流れは半減し　ついには停止
してしまうと
ロンドンやパリなど　ヨーロッパは大寒波に襲わ
れると
たとえば　地球上の森林は減り続けているが
CO_2の排出量が　二倍　三倍と増え続けると
干ばつや植生の変化に加えて　異常気象が次々と
起こり
地球の気温は　最大六度も上昇するといわれて
北極海や南極の氷が解けて　海面が上昇するだろ
うと
モルディブと　多くの島嶼は沈んでしまうかもし
れないと
いま日本列島の　ブナの森は頻繁な開花が起こっ
ているが
根元に転がった　果肉のない薄っぺらな種子は発

芽せず
日差しを受けて　緋色に映えるブナの森は
もう世代交代が　できないかもしれない

地の蛍

そのひとの　あの日の話を聞いたとき

離れた故郷を流れる大川を遡って
蛍狩りに出かけた夜の
草いきれの残った水辺のあたりの真っ暗闇に
ぱっと散らばって
生きものくさい数えきれない黄の点々の
乱舞する有り様が
脳裏へ鮮烈に蘇り
少年の頃の　記憶の奥底に潜んでいた
消滅することのない原風景が
素早く巻き戻されたフィルムの一コマのあの日に
なぜか　暗闇のなかの少年の
怖い思いの息遣いと違って
息をつめて聞かねばならない惨い話で

恐らく　あの暗夜の光景は　誰の
どのフィルムにも写されていないだろう
夜霧のただよう真っ暗闇にひたった
地獄の幻想のようで
太田川が扇状となって七つの川に流れる
生命の息遣いが跡絶えた焼跡の
見渡すかぎりの静寂の地にみえた
無数に燃える燐光の
地の蛍の群れは
水を求めて群がった累々の屍体の数ほどの

ホー　ホー　ホータルコイ！
アッチノミズハ　苦イゾ！

水を飲ませたら死ぬの一念だったから
どうせ死ぬなら　水を飲ませてやればよかったと

アッチニミズハ　アルカ

熱いよう　熱いよう！　水をくれ　水を！
水　水　水を下さい！　痛い　痛いの呻き声が
苦しいよ　殺してくれ　水をくれ　水をくれ

アッチノミズモ　コッチノミズモ　ヤルナ！

兵隊さん　看護婦さん　水を　水を下さい
水だあ　水を飲ませてくれえ‼　一口　一口でい
いよ

かぼそい悲しい声で　水　水　水をチョウダイ
水を　飲ませて下さい　かすかな声となって

ホー　ホー　ホータルコイ！
コッチノミズハ　甘イゾ！

おいしい　おいしいといって
むしり取るようにして飲み干したが
飲みおえると　ゴクンと息を引き取っては
ありがとう　虫の声で聞きとれなかったが
唇のうごきと　かすかな表情で察したが
どうすることもできずに

コッチノミズデ　死ンダ

太田川の水面は

真っ黒い屍体の群れで見えなくなるほどの
不気味で　鬼気がせまる有り様で
末期の水をもとめたヒロシマで　地の蛍と

＊　日本原水爆被害者団体協議会・編『ヒロシマ・ナガサキ死と生の証言』参照。

誇大な夢の拒絶は

不意に沸騰する海が　白煙を上げ
台所の鍋から　部屋中に溢れ始めたら
予期せぬ日常の災厄の出来事に
閉じた環境の恐怖を思い知るか

五重の隔壁のなかで起こったことで

一九九五年十二月八日七時四十七分
中間熱交換器二次冷却系出口ナトリウム温度高の
　警報が
中央制御室に鳴り響いたときの
七十秒後には
水道の蛇口から流れるように
漏出した溶融金属ナトリウムが
スプレー火災となって激しく燃えたが
燃焼温度は　想定をはるかに超え千四百度だった
と

ほんとうは起こると思ってもみなかったことが
突然に起こったとき
覆い隠された個所か　遠く離れた場所の
微小な出来事に原因があると
おおかたの人びとは気付いていない

重さ　わずか八〇グラム　長さ十五センチの円筒形の
平凡な部品で
差し込まれた温度検出器の一本のさや管の
直径一センチの急に細くなった部分の
半径〇・四ミリの極めて小さなカーブの
わずかな段差のくびれた個所に
十五か所もの亀裂が
小さな縞模様の金属疲労破壊を起こしては

チェルノヴィリ原発事故では
ウクライナの　汚染都市プリピャチは
七十年間は閉鎖されることになり
子どもたちの　遊具と夢は
薄汚れた無人住宅が立ち並ぶ町中の
遊園地や学校の校庭で草むらに埋もれて
ベラルーシの　ミンスクでも
飛散した放射能が風に運ばれて降り注ぎ
甲状腺ガンに侵された子どもたちが増え
七十年は生きられないかもしれないと
もしかしたら　敦賀半島につながった地のどこか
に
あの時のチェルノヴィリのようなことが
八月の長崎が百か所も出現したかもしれなかった
と

場所は　敦賀半島の北端の
わずか十七戸八十人余の白木地区で
その半島のすべてでも十三の集落に
五百世帯余り約千九百人が暮らしているところで
豊かでない窪んだ硬い土地に
高速増殖炉「もんじゅ」は
世界で最もぜいたくな研究開発といわれ
一兆円を超える夢の原子炉として

いつもきまって誇大に宣伝する夢には
隠れた危険がつきものなので
気付く以前にそれは始まっていたのかと
流速毎秒二メートルのナトリウムの渦巻きで
起きた一万回もの小さな振動が
あなたの部屋に伝わってくるはずはなく
原子炉格納器にくねくね曲がってつながった
肉圧一センチの薄くて長い冷却配管が
あなたの部屋まで伸びてきているはずもなく
なかを流れるナトリウムに
トゲのように百か所も突き出した温度検出器の
異常高温を知らせる数値が
あなたの部屋で読みとれるはずがなく
だがいつ起こっても不思議でない原発事故に備え
ての
あなたの部屋に取り付けた「ホームターミナル」
から
緊急情報システムが作動したときの
悪夢のピーピー音を聞きとることができたとして
も
その時はプリピャチのように
あなたの住みなれた部屋と街が棄てられるだろう
かと
生命をおびやかす暮らしの非日常を
拒絶することは　きわめて難しい

蘇生する記憶の木

広島の　被爆した二本のアオギリは
爆心地から　約一・五キロのところにあって
熱線と爆風で　瞬時に枝葉が吹き飛んで
幹も焼かれ　枯れ木同然になったが

何度も　自らの生命を絶つことを考えた
人びとに　生きる勇気と希望を与えるように
再び　芽を出し
大きな掌状の葉を茂らせて
夏に　薄黄色の小花を咲かせ
果実は　裂開して舟状になり
緑に球状の種子をつけた被爆アオギリは
今も　平和記念公園で生き続けているから
広島の　いのちの大切さの象徴（シンボル）となり
その種子を日本中にとどけて

原爆で　家族や街を失い　絶望に陥った人びとの
固いこころの殻だったけれど
年月をかけて発芽させては
その地に　緑の樹皮のアオギリを茂らせて
知らなかった人びとにも
百万分の一秒で終わった「死の刻印」を
記憶する木を蘇らせる

集まってきた人びとは
その記憶の木について語り合い　共有することで
次々と　非核平和宣言をする
北海道から沖縄まで
街々の数は数百から　千数百へと増えていき
語ることのなかった沈黙の殻は破られ
核兵器廃絶への強い意志となり
天空の鈴になって咲く薄黄色の花の群れは
平和の音色を　打ち振って鳴らすので

原爆に焼かれ　蘇った木は長崎にも
山王神社境内で　丸焦げになったクスノキは
再び　芽吹き　その苗木は
「平和の使者」として各地に植えられていき

被爆した一本の柿の木も
ある樹木医に治療され　大切に育てられ
被爆二世の苗木が生まれたから
日本と　世界の各地に柿の木二世を植えて
平和の願いを　人びとに蘇らせたいと
育樹する行動をはじめた
遠く　フランスのアンジェにも

木は　記憶のきずなを手渡すように
人からひとへ　時空を超えて
原爆の　閉じ込められていた記憶を次代へ伝え
被爆の　遠ざかる記憶を世界と共有するために
アメリカ大陸では
バンクーバー　トロント　ニューヨーク　ワシン
　トンなどで
ヨーロッパでは
ブリュッセル　パリ　ウィーン　ジュネーブ　バ
　ルセロナでも
アジアでは
北京　ソウル　台北　クアラルンプールなどでも
ユーラシアでは
モスクワ　ボルゴグラードなどでも
次々と開かれていく原爆展の
怒りも悲しみも超えた祈りの言葉のような
諳んじることのできる世界じゅうの都市に
被爆二世の　蘇生する記憶の木を植えようと

原爆落下中心碑は

そのひとの殺戮命令は
どのように伝わったかは消え失せて
もはや　知らない人びとが多くなってきているだ
　ろうが

あのときの時間を　水平飛行してきて
あのときの空間に　垂直降下させて
長崎の原爆中心碑の上空　五〇〇メートルまで
確かにとどいた事実と
その直後の出来事は決して忘れ難いから
その碑の撤去に反対する

いまあなたは　爆心地公園に設置されている
ちっぽけな黒御影石の三角柱を
こともなげに取り除こうと言いだしたが
そこは瞬時にひろがった生き地獄の
八月九日の光景のはじまりの点だから
その長崎の記憶を掻き消したいのかと疑うことも
　できる

この碑の撤去に反対しているのは
とどめられない記憶のかたちだから

ここ原爆落下中心碑は
アメリカ大統領の狂暴な考え違いの命令と
長崎で無差別に殺傷された人びとへの記憶の
加害と被害のクロスする地点に置かれたので
戦争と残虐行為と大量殺人という原因と結果が
ひとつの碑の存在にこめられ　継げているのだか
ら
どんなことがあろうとも撤去させることは許せな
い
生き残ったわたしたちの原点なのだ

たとえばいままで
人びとの記憶にとどめられないものもあるが
この世の終わりかと思うほどの
累々と死体が転がった一瞬の廃墟の街を
いまは見ることもできず

死んでいく人びとが「水　水　水」とうめく
苦しい悲鳴や断末魔の声を一晩じゅう
いまは聞くこともなく
むけた皮膚を　手やあごにぶらさげて帰ってきた
　肉親の肌に
いまはふれることもない
その場の鼻をつく「臭い」が鮮明に
臭ってくることもあり得ないが
長崎の記憶は　あのときのすべてを内包させてあ
　ったもので
忘れようとしても消えることのない
にんげんとして
ぎりぎりの焼きついた現像なのだと

たとえばいま
燃え尽きてあたりまえのものなのに
被爆した熱線で一瞬に炭化して
燃え尽きず残った一冊のノートが
いまにもボロボロと崩れそうなかたちで
爆心地公園の工事現場で見つかったが
生きていたときの人間の意志が
そこに鉛筆で書かれた文字として遺っていたよう
　に
碑がそこに在るということ

すべての核兵器廃絶のときまで
黒焦げの長崎の記憶をそこにとどめたいのだと

＊　日本原水爆被害者団体協議会・編『ヒロシマ・ナ
　ガサキ死と生の証言』参照。

秘匿の恐怖

宇宙基地の　ヒューストンとか
冬季オリンピックのソルトレークシティーとか
日本人に馴染みのホノルルやカメハメハとか
アメリカらしい愛国心で　艦名を付けられて
僅か十六分のときも　三百三十四時間二十六分も
　あるが
年間二百日も滞在する横須賀や
佐世保　沖縄・ホワイトビーチの
米原潜の寄港は　すでに千回にちかく
ただ立ち寄るだけで　その先は秘密なので
おおかたは気にも止めないでいるから
潜航した海域は広く　太平洋から西太平洋辺りま
で

安保の作戦行動の
出撃基地であることは間違いなく
哨戒・諜報・偵察・攻撃などを　その行く先で

平均五年に一隻は沈没していると言われれば
バレンツ海でも原潜クルスクが沈没し
百十八人もの人命が奪われた事故があり
海洋の放射能汚染で環境への脅威を起こすことに
繋がりかねないと心配するけれど
いま　世界中の海で
およそ百五十隻の原潜が動いているから
積まれている原子炉は約二百基とみられ
陸地で稼働中の原子炉のほぼ半分にあたるが
海の原発には恐怖を感じることは少なくて
横須賀も佐世保にも　沖縄でも
航路帯を横切って何百隻も入出港するから
衝突の危険性は　ぐんと高くて

ずさんで無謀な操艦があるからこそ
ハワイ・オアフ島の南十七キロメートル沖で
米原潜グリーンビルを緊急浮上させ
水産実習船「えひめ丸」に衝突させたので
船底が　幅一メートル　長さ十八メートルも引き裂かれ
瞬時にして六十メートルの深海に沈んでしまい
乗員三十五人中九人が行方不明となり
八か月も冷たい海の底にいたが
柩のなかに　大好きだったおにぎりと梅干しや
マンガ雑誌やアニメビデオを入れたけれど
一人はついに見つからずに　無念で

五十七年前にも　沖縄からの学童疎開船・対馬丸
が
米軍潜水艦ボーフィン号に撃沈されて
学童七百人を含む千四百人が犠牲となったが

大好きなものもついに食べられずに

いま　パールハーバーに繋がれている
ボーフィン号の船体に
日本船五十一隻を撃破した戦果の証（あかし）として
五十一の日の丸が鮮やかに描かれているが
その一つが対馬丸であることは

どす黒い米原潜グリーンビルの船体にも
ショウ・ザ・フラグと言われた旗を
密かに描き加えたかったのだろうか

＊　新聞記事・高嶋伸欣「研究ノート」参照。

詩集『水の世紀』（二〇一一年）抄

季節はずれの

授業で習った　少年の抱いた夢は
ペルガモン博物館に飾られた
イシュタルの門があった　土地
チグリス・ユーフラテス両川の
バビロンとアッシュルの遺跡を
いつか訪ねることだったのに
大人となったいま
武器を持って　戦場に行くことで
その国の　少年の夢を壊しにいく
見送る妻の　動悸のように
軒下の　はずし忘れた冬の風鈴が
早暁の　未だに残る闇のなかへ
激しい風に吹かれて
チリリリンリリリリンチリリリと
手を繋ぐ　息子や娘の胸にまで

凹んだところに　なにが？

彫刻家は　釣りにでかけた
ながい日照りで　ダムの底が見えていることも知
　らずに
しかたなく　いつも餌を落としていた　急斜面の
凹んだあたりに下りてみて
ヘラ鮒たちの目付きになって　スイスイ動きまわ
　り
釣り竿を出していたあたりを眺めると
あんな上の場所が　いつもと違って見えて

意外に見慣れたものでも　別のものに見えてくるもので
例えば　ロープウェーのゴンドラから見下ろしたときの
山腹の傾斜に茂っている樹木なども
妙に　水平の景色でない形状(かたち)で　普段(ふだん)とは違って見えて
地図のうえでは読み取れなかった凹凸の視覚の感覚は
ひとの思考まで　凹凸の入れ替えで違えてしまうのか
もしいつか　日本海の海水がすべてなくなってしまったら
凹んだ底の　どんな地形を目の当たりにするのだろうか

海底地形の模型でも想像すると
北半分は　日本海盆という深い海底部分で
南のほうは　地形の凹凸が激しく変化して
大和海嶺と呼ばれている海底山脈は
サバやタチウオ　イカなどが群れていた魚礁のあたり
北大和堆　大和堆　拓洋堆と並び
その縁に　北大和舟状海盆　大和海盆の深い落ち込みで
山陰沖から　能登半島の沖合にむかって
海面下に沈んだ　大きな半島があることを知っても
海水の無くなった凹みは　おそらく別の惑星でも見る気分で

想像の凹みは　隠していた海の実相が見えてきて
ひょっとして　解体され　胴を輪切りにされた
原子力潜水艦の残骸があちこちに
行方不明の不審船が幾つもあったり
難破した北前船が思わず見つかったりして
亡霊のような物体が姿をさらけ出してこないか

地図に載っていても
地図に記されない凹みのところに　なにがあるの
か
どんでん返しで意外なものが露わになって
隠されていた亡霊が見えてくる

釣りにでかけない日の　彫刻家は
凹んだ部分から造形をはじめる

＊福岡道雄『何もすることがない』、絈野義夫『日本海のおいたち』参照。

漂流　続けて

名も知らぬ遠き島より流れ寄る椰子の実＊でなく
浜辺に流れ着く大量の漂着ごみは
ペットボトル　空き缶　ガラスの破片　お菓子の
袋
漁業の網　使い捨てライター　歯ブラシ　スリッ
パ
ひとの暮らしのかけらは　国境なんてお構いなく
広い海を越え　どこからか漂流してくる

ハローワークの求人検索機が　朝からすでに満席
で
入力の結果に　該当する求人件数　〇件と出ては
疲れ果てて　仕事もないし　金もない　次もない

当たり前の暮らしがしたい場所の一角に
ひと知れず孤独な死が　時刻を待たずに漂着する

都会の海深く沈んだ　築数十年の共同アパートでも
戸籍の分からぬ五十代男の　遺体の周りに
他人の海を漂流してきた　暮らしの残片が散乱して
酒の空き瓶　たばこの吸殻　汚れた肌着　靴下
ちゃぶ台には　お箸（はし）　食べかけの茶碗　みそ汁
食べ物のごみはそのまま残っていて

独り身の　家族もいない　ないないづくしの人生が
孤老の波に漂流し続けていることにも気付かず
果ては「行旅死亡人」となって
遺体の引き取り手もいなくて　遺骨が預かられ
思い出深かった故郷にさえも　漂着できずにいる

いま　生まれ育った奄美大島にリターンして
砂浜に漂着したごみを　皆んなで片付けては
流木を集め　燃料にして　大釜をたぎらせ
美しい海の青から　塩作りを始めた人びとがいて
漂着した結晶は　人びとの暮らしを味付けていき
ひとの縁を　固く結ぶ「地の塩」となって
聞く言葉　繋ぐ言葉　確かめ合う声とともに
独りひとりに　温もりの言葉を配ることで

＊　島崎藤村の詩「椰子の実」の一節。

含みみず——水の世紀

ほうれん草のおひたしは

たっぷりの水で洗い　たっぷりの熱湯でゆで
さらに　たっぷりの水でさらして
ぜいたくな美味をつくりだすのだが
いろいろな料理の素材を生かして
煮浸しという味つけもあり
日本の料理は　水とともに発達したものといわれ
　てきたが

食べものに含まれる水は　体に同化されていくの
　だが
もともと　人間の体の半分以上は水分で
生まれたばかりの赤ちゃんは
体重の四分の三が水分だといわれ
年齢を重ねるにしたがって
体内で　水の循環が繰り返されて徐々に減ってい
　くので

水は　降ったり　流れたり　溜ったり　蒸発した
　りと
地球の環境でも　循環が繰り返されているのだが
水は　含まれることで役割を果たしていることも
　あり

しかし　牛丼一杯分が
ペットボトル一千本分の水二トンを輸入しているな
　どとは
日常の暮らしでは　考えもおよばないものだから
牛肉は　肉の重さの約二万倍の水を使用すること
　で
人間が食べられるようになると計算されていて
ハンバーガー一個では仮想水（バーチャルウォーター）は一千リットルで
食糧輸入大国の日本は　年間
琵琶湖の水量の約二倍強もの六百四十億立方メートルの
　仮想水を

海外で　大量消費していることには気付いていな
　いから
含みみずは　水の生態としては見えにくいものだ
から
思いがけない事実が含まれていて
地球も　水を含んで存在しているのだから
地球の体積の半分を占める下部マントルの鉱物が
海水の五倍程度も懐水していることが分かってき
て
海のプレートだって「ぬれぞうきん」のように
たっぷりと海水を含んでいて　水も一緒に取り込
　まれているから
およそ十億年後には　海がなくなるとも考えられ
て
遠い宇宙の彼方に　赤く光っている火星にも

かつて海が存在していたことが分かったと
探査車オポチュニティーで　岩石を調べた結果
流れのある塩水の中でできたことが確認されたと
　発表したが
火星の水は　どこに取り込まれ　含まれてしまっ
　たのだろうか
含みみずがなくなれば　食べものがなくなること
　となり
人びとは　激しい空腹におそわれ　飢えることに
　なるかも

＊　新聞記事参照「東京大学沖大幹教授等の研究」。

水鏡――水の世紀

宇宙の衛星から
地球の水鏡は　キラキラキラキラと映えてみえるか
水面十センチの底に
絶滅危惧種の生物たちが　鈍色（にびいろ）に沈んでも
かつて
田畑を耕す鍬の柄の　差し込む穴を口にして
酔面のように赤く塗った木の面をつけた人びとが
収穫の歓喜で　田の畦（あぜ）を踊り狂っていたのに
世界一
大量に散布される農薬や化学肥料の蓄積が
人びとに呪術をかけたのか
この地上に　大絶滅時代を迎えようとしているが

千年をはるかに超える時間を
この列島で暮らして
農村では　ふつうの風景だった田植えの前後
区切られた水田も繋がって拡がり
列島は　幾百万枚の水鏡となり
日本のダム貯水量の
およそ二倍の三百億トン余りの湛水された量（かさ）は
田んぼの生き物を生かしてきたが
昔　山から水に依って流れ着き
田に降りた穀霊たちの
春　夏　秋　冬の暦に従って　繰り返す労働は
苗代　代掻き（しろかき）　田植え　草取り　稲刈り　脱穀ま
で
トンボやカエル　タニシやタガメ　イナゴの群れ
も
ミズアオイやメダカ　サギやトキの水鳥たちとも
たくさんの生き物とは

田んぼで共生しながらの農作業なので

今は　米つくりが苛酷な労働となるにつれて
人は　都会（まち）へ移り住み少なくなり
残った人は老いて
化学肥料や農薬の　過剰な投入を始めた結果が
イトミミズやフナ　アメンボやゲンゴロウも消え
て

ササニシキやコシヒカリを
生産する稲作工場となって
加工されてしまった田畑は
先祖の預かりものでなくなってしまい

かつて
強い権力による水の支配は　水田の争奪で
弥生時代に　戦争が始まったという学説もあるが
今は
アメリカの「コメ自由化」に抵抗するために
稲作・水田を守るグローバルな戦いに様変わりし
て

うまい御飯が食べたい願いと
水田再生の願いは
多様な生き物たちが復活する農法で
成長する穂先に
鳥が運んだ稲魂が宿る伝承のように
コウノトリを
大空に　羽搏（はばた）かせることができるだろうか

そらのオシッコ——水の世紀

宇宙で　オシッコはどのようにするのだろうか
疑問が浮かんだのは
昔　子どもの頃　道端に並んでツレションをして

誰が一番遠くまで飛ばせたかを自慢しあった時の
あの快感を想い出したからだが
宇宙の果てで　オシッコを勢いよく飛ばせたらと
空想してみたから

宇宙は　地上とはまったく違う世界なので
オシッコは　地上のように飛ばすことができなく
て
掃除機のホースのようなところに
個人用のアダプターをつけて出し
空気と一緒に吸引するわけで
宇宙の水は　とても高価なものにつくから
スペースシャトルで
一トンの水を運ぶと　二十二億円もかかるから
コップ一杯の水は　四十万円にもつくわけで
一滴のオシッコも大切に
水を再利用しなければならず
自分たちの汗や　涙や　尿として排出した水分も
リサイクルして使うことになり
水は　非常に貴重な資源だから
地上で人間が使う水は
世界全体の平均で　一人一日三百リットルほどだが
宇宙飛行士の使用量は一日わずか三十リットルに制限さ
れ
飲む水　料理に使う水　体を洗う水　掃除の水も
すべて　ずっと少ない量で済まさなければならず

地上で　水は　溢(あふ)れるにまかせていることが多く
ローマのトレビの泉は噴水芸術の粋を見せている
し
郊外にあるティボリ・ヴィラデステの十八の噴水
も
百の噴水　オッパイの噴水から　噴き出す水は
並んでオシッコを飛ばしているより勢いがあり

ザルツブルク郊外のヘルブルン宮殿だって
いたずら好きの大司教の
水の仕掛けが　庭園のいたるところにあって
水の楽園であちこちから不意に水が噴き上げて
しぶきがかかってあわてることも
サンクトペテルブルク近郊の
ピョートルの夏の宮殿だって六十四の噴水があり
ライオンの口から水を二十メートルも噴き上げて見せ
ユーラシアやヨーロッパには水の庭園は数々ある
が

地球の水を　宇宙へ運ぶということは
浮遊する「ミニ地球」の函(はこ)に　生存を移すことで
無重力の異常な環境に適合できるように
人工的な衣食住の空間をつくるわけだが
衣の　船内服は普段着のデザインでもいいが
船外活動の宇宙服は　一着一億円にもつき
水冷下着もまとわなければならず
食は　好きな料理を持っていくこともできるが
開発された三百種以上の宇宙食メニューから選び
天井からぶらさがっての食事も可能だが
無重力の船内での　大切な食事マナーは
水が飛び散らないように食べなければならないこ
と
住は　寝袋を壁にくっつけて寝ることもでき
横幅　奥行き一メートル　高さ二メートルの箱形の個室もあり
慣れると　快適な生活もできるというが
宇宙での生命維持で　何より健康対策が重要なの
で
筋肉が急激に衰え　骨がすかすかになっていくか
ら
毎日二時間の筋力トレーニングが必要で
骨密度の低下を抑える薬も飲まねばならず
宇宙の一日は　九十分だから

日の出と　日の入りが四十五分毎にやってきて
体内時計がずれてきて　精神の変調も起こり得る
し
宇宙放射線や　高エネルギー粒子の影響もあるか
ら
地上の　あたりまえが通用しない時間と空間は
莫大なお金をかけた限定生存の環境なので
勿論そこに　海も　川も　雨もあるわけでなく

ただ同然の　地球の水のあり様はさまざまだが
水の民族といわれてきたこの国に溢れる水は
湧水の　弘前・富田の清水(しっこ)　南津軽・渾神(いがみ)の清水(しっこ)
や
月山山麓湧水群　忍野(おしの)八海(はっかい)　柿田川湧水群など
名水　名泉　名井　水源は列島の津々浦々にあり
箱根用水　玉川上水　横浜水道　琵琶湖疎水など
の
導水の利用も　あり余る水のお陰で
森と水の〝くに〟信州は　百水ありといわれてき
たが
源流　渓谷　滝　湿原　池塘(ちとう)など水に潤う風土は
山紫水明のふるさとと呼ばれ
この頃は　めっきり減ってきたといわれる
山間　田園の　水車のある風景だって
水力を利用しての　揚水　精米　製粉　陶土粉砕
で
これほど水車が活躍している〝くに〟は世界で珍
しく
水がある限り　人びとを集めては
ひとの心を繋ぐ役目を地上の流れる水はしている
が
あまりに普通のように在(あ)るから
宇宙では　若田光一さんは「とてもおいしい」と

小さなコップ一杯　二十万円にもついた
おしっこ還元水で　乾杯をしてみせてくれたが
宇宙船の窓の外に浮かんで見える
水の惑星は青くて

未刊詩篇

海のエスキス

ゆらり　ゆらり　ゆらりと揺れながら
海は　たえず覗いている
自分の肉体のなかを

覗いているその眼を知っている
丁度　波頭が舞いあがり
白く光る　二枚の羽根になって飛ぶ
きらりとした暗いアイ・シャドウの眼
遠い北欧の悲哀を飲み込んで
オーロラにとり囲まれた　魅惑の黒い穴
神話の海蛇は　そこから這い出てくるから

ほの暗い喫茶店に座って
やがて　ぼくたちは会話をはじめる
消費的な愛について
降る雨に　びしょ濡れている
街路の　旗のような二人について
そこを通り過ぎるさまざまな色あいの
雨傘のしたの人生について

そして　すべての行き着くところには
河と海が接合するところの
苦みと　かすかな温かさが混合するように
互いの肉体を　愛撫しあう行為が待っていること
を

いくつもの海の路は　そこから始まるから
ぼくが描こうとする線は混乱し　対象を失い
青春のエスキスは何枚も破り捨てられ
海溝深くに投げ込まれる

ぼくは　いま待ちながら見つめている
海というキャンバスに
今度こそ　決定的な線を描くために
海の　全てに触れることのできる瞬間を
じっと　待っている

＊　詩を朗読する詩人の会「風」第四回風賞・最優秀賞。

散る花の行方を

四月の桜前線は　春爛漫を
列島の南から北へ移動させてゆき
ヤマザクラ　エドヒカン　ソメイヨシノから
オオシマザクラ　オオヤマザクラに　または
北海道のエドヤマザクラまで辿り着き

咲き乱れる桜樹群のなかには
さながらキノコ雲のように盛りあがって
白色の　不気味な満開を見せている
空中へのびた巨樹が混っていないか

花咲か民話のたとえではないが
あの日に　死の灰がまき散らされたので
妖しい白色花を咲かせているのか
ケロイド状の紅色花を咲かせているのかも
桜の樹の下には　屍体が埋まっていると
想像したひともいたくらいなので
地底になにが埋まっているか判らないから

八月の桜花は　水底に埋もれていたので
広島の
あの日を　拾おうと
原爆ドームの横を流れる元安川の河原で

被爆ボタンを探し続けるひとがいて

夏服のまま焼かれた少年たちは
あの日も　学徒動員で
工場や建物疎開に駆り出され
その死を確かめることもできない
全滅に近い状態だったので
いまなお行方不明の死者として
胸に着けていた桜花は散ったから
これまで数えて何個になるだろうか
探しても探しても探しきれないボタンは
陶製のもの　ひとつでも
「たましいのかけら」と呼びたいから
地続きの地面はすべて掘り返してみたいので
いつまで探し続けるのかと

あの日　一瞬に飛散した国花の紋章は

一体何処に失せたのだろうかと
おそらく想像の話のように
妖しく咲く桜の樹の下に
満開の　生々しい花の数だけの
拾えなかったボタンが埋まっているのだと

きっと　それは広島や長崎の
行方不明の少年たちのもの
あるいは侵略戦争に駆り出された
国じゅうの制服の少年たちのものまでも
咲ききれなかったいのちが
百花の爛漫のごときかたちに
地底から咲き出して見せているのかも
地上の野山や　湖畔　川堤から
城址や社寺に　公園　名庭まで
根から幹に　幹から枝へ　枝から花にと
爆発するような桜樹の群れは続々と
だからひとびとは　いつも
散る花の行方を確かめたいと
想い出しては視線をむけるわけで

＊　一九九四年八月四日　朝日新聞「佐伯敏子さんの記事」参照。

時空を超えて

広島の　被爆した二本のアオギリは
爆心地から　約一・五キロのところにあって
熱線と爆風で　瞬時に枝葉が吹き飛んで
幹も焼かれ　枯れ木同然になったが
ひとびとに　生きる勇気と希望を与えるように
再び　芽を出し

大きな掌状の葉を茂らせては
夏に　薄黄色の小花を咲かせ
果実は　裂開して舟状になり
縁に球状の種子をつけたので

広島の　いのちの大切さの象徴（シンボル）となって
その種子を　日本中にとどけるから
固い殻だが　年月をかけて発芽するように
その地に　緑の樹皮のアオギリを茂らせて
その街のひとびとは　非核平和宣言をする
北海道から沖縄までの街々の数は
数百から　千数百と増えていくので
語ることのなかった沈黙が破られ　核兵器廃絶の
　意志は

長崎で　被爆した一本の柿の木が
ある樹木医に　治療され　大切に育てられて
　被爆二世の苗木が生れたから
消されてはならない原爆の記憶を訴えている
被爆し　焼け焦げた　浦上天主堂の聖母マリアの
怒りも悲しみも超えた祈りのような
空を見るうつろな目にも　苗木が映るだろうか

ひとびとに　平和を願う祈りの力を与えようと
被爆二世の柿の木の苗木を　日本と
世界の各地に　植樹する運動をはじめたので
遠く　フランスのアンジェにも植えられたが

アメリカ大陸では
バンクーバー　トロント　ニューヨーク　ワシン
　トンなどで
ヨーロッパでは
ブリュッセル　パリ　ウィーン　ジュネーブ　バ

ルセロナでも
アジアでは　北京　ソウル　台北　クアラルンプ
ールなど
ユーラシアでは　モスクワ　ボルゴグラードなど
でも
次々と　開かれていく原爆展のように
諳んじることのできる世界じゅうの都市に
被爆二世の柿の木を植えようと
被爆の　遠ざかろうとする記憶を共有するために
原爆の　閉じ込められた記憶を伝えるために

想定外の確率は

滅多にないことに
お茶碗を　落して割ってしまった
あり得ないことではないけれど

ドイツの衛星が
近日　落下すると想定される報道があり
最新の試算では
最大三十個の破片が落ちてくるという
以前に　アメリカの衛星で
望遠鏡が落ちてくるといわれ
十万個もあるスペースデブリが
地球に落ちてくる事故は
どのような確率で計算されているのだろうかと

世間では　賭事には確率がつきものだが
宝くじや競馬　カジノに至るまで
一攫千金を目論んでいるが
プロゴルフでは　有村智恵さんが　一日で
アルバトロスとホールインワンをやってのけたが

単純計算で　確率は
プロでも一千万ラウンドに一回という

福島第一原子力発電の事故を引き起した
想定外の津波は
二〇〇六年の国際会議で　津波の来る確率を
「五十年以内に約十%」と予測していたのに
結果は　五十キロ圏　百キロ圏と放射能汚染に晒され
　て
北は　泊原発から　南は　川内原発まで
二十三の地域に　百キロの円周を描いても
放射能は同心円状には拡がらないから
円弧の重なった日本列島に
人びとの　住み続けられる土地は何処に

壊れ　傾く天秤の

いのちの雫が大きな掌から零れ落ちるように
どうして自死してしまうのだろうか
生誕して　いのちの天秤を一つ体内に持ったとき
揺れ動きながら　いのちの平衡は保たれていて
なんの疑いも　悩みも考え深い思慮がなくても
あの笑顔は　誰もが笑い返したくなるような
いのちの輝きを照り返していたのに
人は　成長するたびに大小の天秤の数を増やして
幾つも　個性の天秤が身体に内在するようになり
大きさや　さまざまな形や　色合いの違う天秤が
時には激しく揺れて　平衡を欠こうとするけれど
思い止まることの出来るバランス感覚があって
十の天秤　百の天秤が一斉に揺れ動いても

いのちに何の動揺も生まれないが
少年の身体へ　理不尽に暴力を振るうことは
大人のいかなる理由づけがあろうとも
少年の　いのちの石は最後の一蹴りで
天秤の片方の皿に落ちて平衡が破壊され
傾き　自らのいのちを絶ってしまう
これから咲こうとする花の茎が
たやすく折られるような死は許せない

アフガン・イラクの戦闘で死亡した兵士の数を
上回る自殺した兵士の数は
過酷な戦争の非人間的暴力で傷ついた
青年たちの天秤が壊れた結果かも知れないが
戦闘体験や　心的外傷後ストレス障害と
薬物の乱用といわれている
その死は　早すぎる死であることは変わりなく
身体の天秤は　こころの悩みで平衡を欠いて
自殺の行為となるのだろうが
もうひとつ　巨大な天秤が　幻視の世界にあって
貨幣といのちの　見えない重さを計っていること
を

会いたいねん

何処へ行くん？　何しに行くん？
（いっぺん実家へ行ってくるわ）
何用で帰るん？　どうして帰るん？
（長いこと妹に会ってないから帰ってくるわ）
どうして出掛けるん？　何処へ出掛けるん？
（お寺さんへ　お墓参りに出掛けてくるわ）
何か用があるのん？　用もないのに行くのん？
（ついでにスーパーで買い物してくるわ）

歯医者に行かなあかんので　行って来るわ
長いこと行ってないんで眼医者にも行きたいねん
腰も足も具合が悪いから整骨院にも行きたいねん
久し振りにあの人にも会いたいねん
行きたいねん　何遍でも行きたいねん
会いたいねん　何遍でも会いたいねん

早朝や深夜に　突然抜け出しては
近所の公園や　近くの親戚の家に行くと言うて
一万人が　行方不明になってしまい
一万人が　街の何処かに隠れん坊している
探しようのない徘徊の人びとが増えている
「恍惚の人」は　いずれ三百万人から
四百万人にも増えていくと言われているから

どうして人は出掛けたがるのだろうか
それはきっと自分という私の記憶のなかで
出掛けることが　終末の欲望になっていき
何処かへ　何かを求めて出掛けて行って
そのまま　徘徊し続けているのだろうか

人にとって　忘れることが人生の道のりで
それは　記憶の運命とも言えるわけで
未来へ向かうために忘れる必要もある
頭のなかで　全てを覚えていようとするのは
記憶のかたちを変えることが出来ずにいるから
徐々に記憶が歪んで　変形する病に冒されて

何度も　何度も思い出したいねん
これだけは忘れたくないねん
忘れたくないもんが幾つもあるねん
ずうっと昔のことやけど
もういっぺん　会いたいねん
会いたいねん　ほんと　会いたいねん

もういのちが終わりやから　会いたいねん
思い出話をすると　いつも元気がでるねん
すればするほど元気がでるねん
すればするほど会いたいねん

生きていたという実感のある時代の
昔話　苦労話　自慢話が　思いだしては忘れ
頭の中で　オセロゲームの白と黒のように
ひっくり返って　だんだん負けが込んできて
はたして　本当の自分という私を
どれ程　残すことが出来るのだろうか
徘徊の捜索願いが増え続けては

「老老介護」と言われる二人でも
「認認介護」と呼ばれる夫婦でも
独りぽっちで　徘徊し続ける老人でも
隠れん坊しなくても済む街で暮らしていけて
見守るように包みこむ穏やかな夕日の陽差しが
住み続ける街の　深いところまで届くように

リュック背負ってまちへ出掛けよう
―「新オレンジプラン」は認めない―

少しぐらい記憶が無くなったからといって
家族に連れられて　精神科医などに行くな
脳外科のＭＲＩの映像で　脳のあちこちに
白い斑点がばらついていても　気にするな
うっとうしい家なんかに閉じこもっていないで
リュックを背負って　犬でも連れてまちへ出掛け
よう

昔の　遊び友達　飲み友達のあいつもこいつも
皆んな先に死んでしまったが　もう忘れろ

認知症になったら　どうせ記憶が無くなっていくから
これだけは忘れられない　忘れたくないことだけを
毎日　お経を読むように反芻しておけばよい
誰にだって　こんな人生でも大切なものが
一つや二つは在るだろうから　それを覚えておけばよい
家族が　警察へ捜索願いをだして迷惑をかけないように
リュックに　自分の名前ぐらい書いた札を付けて
閉じ籠もっていないで　思い切ってまちに出掛けよう

鍵のかかった閉鎖病棟などに何十年も入れられて
外出も　外泊もしたことが無いなんて人生は
生きる力が奪われたような人生ではないか
受け入れ先が見つからず　のべ十数ヵ所の病院や
介護施設を転々とするような人生は嫌だと言えばよい
興奮したり徘徊したりすることだって
迷惑かも知れないが　行くところが無いなどと言わず
安心して徘徊できるまちをつくって
市民一人一人の　小さな支え合いを増やしていくことで
日常の買い物や　バスや電車に乗ることも出来て
迷子になる心配などしなくてもすむように
好きなものが食べられ　自由にテレビが見られて
リュックを背負って　まちに出掛けられるような
住み慣れたやさしいまちで暮らせることを願って

またひとつ　新しいことに挑戦しようよ
さあ　リュック背負ってまちに出掛けてみよう

＊　政府が二〇一五年一月末に発表した認知症施策の「新オレンジプラン」は、精神科病院の関与が大きくなるように変更された。日本は世界に例を見ないほど精神科病床と長期入院患者が多い。

スピードが速すぎて

インターネットの次に来るものは　一体なんだろう
ひょっとして　人間は不要という社会かも知れないね
シニア世代にとってはデジタル機器は手に余るので
そんな遠い未来の事など　どうでもいいんだが
今の世の出来事ぐらいは　付き合いたいけれど

フェイスブック　インスタグラム　ツイッター
ラインのような
ＳＮＳ（ソーシャル・ネットワーキング・サービス）で人とつながりたいとも思うのだが
苦手なことで　つい　尻込みしてしまうんだ
スマートフォンだって利用するのがおっくうで
あの世界的な人気もの「ポケモンＧＯ」だって
私たちの日常の身近な場所や名所など　所構わず
出現するそうだが　そんな狂騒ゲームにも加われない
ＶＲ（バーチャルリアリティ）が進化して
ＨＭＤ（ヘッドマウントディスプレー）をかぶり
三六〇度カメラで撮影した映像を体験することで
脳は錯覚し　だまされ　違和感と酔いを感じてしまい
時流には乗り切れないシニア世代は　眩暈を起こし

社会の奔流の　水底を転がる小石のような存在で
いま居る所から剝がされて　ころころ転がるような
身の置きどころの無いような　眩暈が起こるような
耳石が剝がれ落ちるような　平衡感覚を失ったような
まるで　居ても立ってもいられない存在のようで

大都会の雑踏の人込みでも　満員電車の中でも
どこでもゲット　どこでもスマホでも無いけれど
スマホ人間がどんどん　どんどん増殖し続けては
人と顔を合わせることも　楽しい会話を交わすことも
人間は　人のつながりなど全く気にしなくなるから
シニアは　スマホとスマホの間の座席に小さくなって
これから味わう眩暈の予感を辛抱するしかない
大好きな　美空ひばりの「川の流れのように」
「いくつもの時代は過ぎて」も
「おだやかに　この身をまかせていたい」という思いで
いつまで過ごせるだろうかと　ＳＮＳの今はあまりに
スピードが速すぎて　ＶＲの世界が展開し続けると
知らぬうちに人は　現実も信じられなくなるかも

＊「」は『川の流れのように』の歌詞の言葉。

お尻の美学は

前ばっかり気ィ取られて
後ろのことは　すっかり忘れてましたわ
大阪の地下鉄　動物園前のプラットホームの柱に
どでっかいタイ象のしわしわの固そうなお尻が
太い円柱のような足のうえにありまんね
てっぺんから太い綱のような長い尻っぽが垂れて
しわしわのお尻は　カラー写真でど迫力でっせ

柱という柱には　ぜんぶ動物のお尻でっせ
縞馬　ゼブラ模様の盛りあがったお尻から
　　先のほどけた縄のような尻っぽが
河馬　短い足のうえにどーんと座るお尻に
　　飾りのようにちびこい尻っぽが

むふろん　大きな角をもってお尻はぱんぱんで
　　大きなふぐりが　お尻のあいだから
黒犀　大きな大きなかちかちのお尻に細い尻っぽ
　　どたどた走りそうな　がに股に開いた足が
えみゅう　ふさふさの羽に隠れたお尻は見えへん
れっさーぱんだ　かわいいお尻から
　　ブラシのような長い尻っぽが
羊　めがねぐま　らいおん　鹿　木曽馬などなど
いやあ　お尻ってこんなに魅力的だと
思えへんかったわ　ビックリ・ぽんや

そういえば　お尻の魅力に気ィついてた
絵かきはんがいましたなあ
ふらんすのモーリス・ユトリロさんですけど
彼の油絵のなかの女のお尻は　ぷりっとした
ほんまに魅力的なお尻を描いてます
お尻をみぎひだりに振って歩くと

あの有名女優のマリリン・モンローウォークで
ほんまに　お尻って美しいもんやったんや

今の若いもん　知りはれへんかったけど
おいど　いうたら　お尻のことでっせ
上方では　お上品に　こういいますねん
おいどは　居所ですねん
まあいうたらお座りする所の意味ですねん
にんげん　生まれた限りは
どっかに生きてる場所っているやないですか
それがしあわせな居所なんか　ちがうんかは
お尻の座り具合で　決まるんとちがうやろか
お尻が　重いとか　軽いとか
お尻に続ける言葉は　ぎょうさんおまっせ
知ってるだけ　いっぺんいうてみなはれ

それで思い出したんやけど

このあいだ　ふくしまで事故をおこした原発も
お尻に関係してまんのんとちがいまっか
ほら　放射性廃棄物の入ったドラム缶が
何万本も溜まって　トイレのない原発って
いわれていましたやろ
増え続ける汚染水は垂れ流しのオシッコのようで
黒い袋の放射性物質は　野積みのうんちのようで
原発の持ち主の東電はんも
原発を推進しょうとする政府はんも
もうすっかり尻が割れてしまっているのに
することなすこと尻に火がついてんのに
自分たちのしでかしたことの尻ぬぐいもできんで
あれやこれやといいのがれ　尻を捲って
尻食らい観音をきめこむつもりでっか
尻癖悪いのも　いいかげんにしなはれ

地の果てまで

檀　一雄*

落日を　拾ひに行かむ　海の果

思えばあの頃は　世界のどの方向へ向かおうとしても
一歩　歩き出すことがなんでもないような可能性をもっていて
それが　青春なんだという気分が高揚してきたもので
何かを　探し求めに行くのだからと
何かを　追いかけて行くのだからと
何かの　存在を確かめに行くのだからと
我が肉体のなかの欠けている何かを求めるためでもなく
我が肉体のエネルギーをむしろ充足させるためにこそ
遠い離れた何処かの地に在るであろう真実のようなものを
生きていることの自己確認をしたいばかりの軽はずみの行動で
心底　目の当たりにしたいと思っていたのだろうか

それが　地の果てまでの長い道程であってもなんの苦労もないから
旅の途中で出会った懐かしい人びとへ注ぐ愛着の思い出を
振り切ることもできずに　繰り返し繰り返し　記憶を手繰り寄せて
我が肉体の癒しのために映像を記憶にオーバーラップさせていくと

未知の地平へ進もうとする勇気が自ずと湧いてくるものだから
忘れ得ぬ人の　固有の表情から滲み出てくる愛慕の思いがあって
旅を続けようとする我が肉体の意志が瞬時でも逡巡することになり
旅の途中で別れた人を　もう振り返らないでおこうかと
決して振り返ることなどしないでおこうと決意までして
別れた人へ　慕情と敬愛の念を失うことなく
地の果てまでの　旅の終わりに向かって行こうとするが

これまでの道程を繋いできた重い現実と　軽い現実の時間が
いまに繋がっている意味を考え　次の現実へと転換していくと
先に　まだ見ぬ世界やまだ見ぬ夢が　僅かに残っているだろうか
もういまさら悔いることはないだろうと
いまは同じ時でありながらその時はなによりも一番大切なものへ
人生はダイヤモンドのように輝きながら
時間は　目前にあっても地の果てへ連動していく時間なので
いつか行き着くであろう其処に求めるものは存在しなかったと
判る時が来てしまっても　辿り着いた地の果ての向こうに見える
海の果てへ　煌々と沈みいく落日があるだけの

＊　放浪の作家、檀一雄が住んだポルトガル・サンタクルズに建つ碑。

その先　動的な戦争へ

そこは　まるごと戦場になった
破壊しつくされた瓦礫の地面があるだけの
三月十一日十七時三十五分　北沢防衛相は
「自衛隊が　最も頼りにされる集団であることは
　間違いない。
全力を挙げて国民のために努力を」と幹部に指示
　を出したが
三月十二日　派遣された自衛隊員は
当初の五万人から十万人に増員されて
特別養護老人ホームの施設に取り残されていた老
　人たちを
いち早く自衛隊のボートで救出し

三月十三日　住宅市街での救助作業中に見つかっ
　た遺体を
六人の自衛隊員が運ぶ
三月十六日　雪の舞う中で
数え切れない行方不明者の探索に向かう
自衛隊員の実戦さながらの必死さが
三月十八日　遺体を収容した自衛隊員に
通りすがりで擦れ違った男性が一礼して
三月二十五日　押し寄せた巨大な津波で
一面泥の海となった町で
自衛隊員は泥土に埋まった遺体の探索を続けてい
　て
四月三日　自衛隊員の運ぶ身元不明の
遺体を納めた棺の上に　花が添えられて
自衛隊員の顔は　死者の家族となり
昔からの友人のようでもあり
四月九日　仙台の陸上自衛隊駐屯地で

菅首相は「国民のための闘いだという気持ちで
　一層の奮闘を」と
自衛隊員を激励すると
この日本の大災害では
自衛隊の出動が必要だということが　よく判る気
　がして

そこですかさず　在日米軍も二万人体制で
最大級の災害支援「トモダチ作戦」を展開し
米軍横田基地では自衛隊とともに
原発事故を想定した共同訓練を行い
放射能汚染地域から被災者を助けだしたり
除せんや治療をする作業を公開して見せて
どこから　戦争に繋がっていくのかは
おそらく　よく判らないままに
一九四五年　アメリカの全面占領下での
米軍基地建設から始まって

一九五一年　最初の日米安保条約では
それらの基地を存続させて
一九六〇年の　安保条約改定でも
引き続き基地を置くことを認めつつ
一九七八年から九七年への
日米防衛協力の指針（ガイドライン）では
「日本有事」から「極東有事」に拡げ
日本の軍事協力は　いつのまにか
侵犯者となることに変質させられていき
新ガイドライン関連三法案（戦争法）で
九七年以降は　日米共同軍事演習が
太平洋上では　繰り返し行われ出したが
二〇一〇年　ついにアメリカが主導した
多国間軍事演習の
環太平洋合同演習（リムパック）では
海上自衛隊の「あけぼの」と「あたご」の
二隻が　米豪と一緒に速射砲を発射して

憲法違反の集団自衛権行使を実行し
仮想敵の強襲艦を撃沈するところまでに

二〇一二年五月一日　ワシントンで
野田首相とオバマ大統領は会談し
米軍と自衛隊の「動的防衛協力」に踏み込み
沖縄をはじめ　日本の全ての軍事基地が
海外の戦場に直結して一体化していくことに

その先の米軍と自衛隊の動的変化は
いつ　どのように　戦争へ繋がるのか
原発事故の被災地で活躍する自衛隊員の
顔色を窺っても　それは判らない

花列島に　戦争は潜んで

望まないことが不意に起こることがあるように
いま世界のあちこちで　テロ事件が続発している
けれど
戦争もきっと　そういう始まりなのだろうか
これまで起こされた幾つもの戦争は
日常の　平凡な時間のなかに潜んでいたかも知れ
ないので
今までと異なった人の死に様が伝えられてくると
世界で起こる戦争は　平常と違って変貌しつつあ
るのかも

この花の島を巡る　四季の花々は変わらなくて
美しい色彩を　それぞれ満開にしているのだが

もしかして花の季節もずれながら　戦争が始まってしまうのだろうか
一月は　香気高い臘梅や水仙　真っ赤な椿が落ちるように
巡航ミサイル・トマホークを浴びせて　死臭と血の湾岸戦争が始まり
二月には　酷寒の地面から　雪割り草と紅梅の紅花が咲き始めるのに
緑の亜熱帯に枯れ葉剤を撒き散らして　ヴェトナム戦争を始めて
三月は　一面の芝桜や赤いチュウリップ畑のように
バグダッドの大地に死の種を蒔き　劣化ウラン弾誤爆のイラク戦争を始め
四月には　すみれやれんげが地に咲き　空からは杏と桜の花が散るけれど
五月は　浜ひるがおも咲いて　藤の紫とライラックの風の匂いが流れ
六月には　紫陽花とネムノキと　赤いツツジの花が山肌に咲き乱れ
ひとつの民族を分断して　朝鮮戦争が起こされて
七月は　オオマツヨイグサが　夏の高原にはニッコウキスゲが満開で
八月には　ヒロシマの向日葵に　沖縄のデイゴの花も咲いて
九月は　可憐な萩とコスモスが　畦には血のように彼岸花が　群れ咲くから
一瞬の同時多発テロで　世界貿易センターが爆破され　崩れ落ち
十月には　ナナカマドの赤い実が熟し　帰化植物の背高泡立草が群生しては
無人戦闘機の無差別攻撃で子どもが殺され　アフガン戦争が始められて
十一月は　冬立つ日の　山茶花と　一重八重　大

中小で赤白黄色の菊花が見事で
十二月には　ポインセチアの花弁のような苞が鮮
　紅色に色づいて
山に咲く花　野に咲く花　庭に咲く花　花壇の花
　や　地球の大地に咲く花も
気付かない間に　いつのまにか姿を消した身近な
　花々のような
世界中で　人種の違いを越えて　紛争　戦争　犠
　牲と受難　飢餓と貧困が襲っては
互いの記憶が及ばない地で　命を落とした多数の
　民がいて

その戦場は　いま世界で　拡散し続けているから
異国へ　旅で訪れたあちこちの街角に「見えない
　敵」が潜んでいて
正義のテロを振りかざし　声高に叫び掛けて
自爆テロや　爆弾テロ　銃の乱射が仕掛けられる
　と
それぞれの季節の赤い花びらが　まるで地面一杯
　に散乱するように
恐怖の日常が　その場所で　突然引き起こされる
　こととなり
戦場でなかった日常も　その時　架空の戦場の死
　者として受け入れるしかなく
世界では　数人のテロリストを殺すために
数百人の市民の死も　付けたりの死者となってし
　まい
それを　誤爆や　戦争の正義だとは決して言わせ
　ない

身近な所では　起こりそうもない戦争だが
貴方には　それを予想することが出来ますか
日常の新聞紙面やテレビの映像で見る　あの戦争
　ではなくて

人々の普通の生活や　普通の人生を破壊し尽くす　あの戦争は
いつ　何処で　どうして起こされるのでしょうか
この世界で起こす戦争は
普通に暮らす周囲の人々が　不意に　無差別殺人に巻き込まれるように
気付かない間に　人々のこころのなかへ戦争の種子がばら蒔かれているかも知れず
戦争は　勝ち負けや　犠牲者の数だけで語れないが
貧困　差別　絶望　格差と不平等　弱者の種子は　残虐の意志へと変化して
戦争に無関心な人々のこころには　いつのまにか戦争の種子が蒔かれて
それぞれの身体から憎悪の芽を出してきて
普通の人々が引き起こす　様々な殺人事件の因果のようになっては
報復の連鎖を起こし　残酷な戦争に繋げていくのだろうかと
人生で　一番大好きな一輪の花を受け取るように　貴方は
戦争という殺人の名で　多数の　無辜の犠牲者たちを呑み込むような
理不尽な　幾つもの戦争に繋がる言葉の種子を
決して受け取ってはいけないと
人間の声で　強い意志で　ノーと言う勇気をもつことを

生食連鎖の梯子　続・水の世紀

「海は広いな　大きいな」という歌を思い出すが
もしも突然　海が消えてしまったら

どういうことが起こるのだろうか　あり得ない空想の
地球は　宇宙から見ると水惑星なので
もともと地球には三十八億年前まで海はなかったから
不思議でないかもしれない空想の凹んだところの

地球総面積の七割を占めているという
海は　生物の母として　地球上の生物群はこれまで
カンブリア紀　オルドビス紀　シルル紀と進化して
海と陸の　生命の輪廻を繋いできたが
陸の生物圏域と海の生物圏域は　一対二百以上というが
人間の「食の生産」では　海は陸にかなわない
地球全体の　農業生産は年間約三十五億七千万トンで
それに比べ漁業生産は年間約一億三千三百万トンしかなく
人間一人当たりの食料は　一年間にすると
穀物・野菜・肉・魚介類を含めて約五百九十キログラムとなるが
飢餓の予感が　地球のあちこちで起こってきていて
地上では　不平等の分配が横行しているから
もしも地球環境の変動により
陸の農業環境が悪化する事態になった時には
果たして陸だけの食物で人間は生きていけるだろうかと
その時「母なる海」を想い出してみることが
広大な海の小さな植物プランクトン　それを
十三万個も食べる動物プランクトン・カイアシ類

それを　七千匹も食べているニシンを
一回の食事で　五千匹も食べてしまうクジラは
四兆五千五百億個分の植物プランクトンを食べて
いることに
海のプランクトンは　海洋を「さまよい歩く」*こ
とで
海のいのちを支え「母なる海」になっているとい
うが
海の生態系は　生食連鎖の梯子を深い底まで降り
ていき
湧昇流や黒潮や　深層海流に助けられては
再び昇ってくることで　海のいのちを育てている
から
海は　未来の人間の食糧を生産することにもなり
地球の飢餓を救うことになるかも

注　長沼毅著『深層水「湧昇」、海を耕す!』参照。

* プランクトンの、ギリシャ語の語源。

春の雨　続・水の世紀

日本で　年間に売れている傘の数は
約一億本となっているそうで　びっくりで
そういえばよく忘れるのも　雨傘なのだが
世界有数の傘の消費国だったんだ
それほど日本は　雨の国ということなのかも

春雨じゃ　濡れていこうと言う台詞もあって
雨にまつわる数ある言い方の中でも
「春の雨」ほど　感性豊かな言い方はないだろう
と
大地を　かすかに湿らせるように降る春の雨は
いのちのいとおしさ　人の優しさが含まれて

花のいのちを育てることをうながすような　育花
　雨
かすかに花の香りを含むように降る　雨香
春の花が咲いているところへ降ってくる　花雨
風に舞い　雨に散る花の風情の　桜雨
やわらかく烟るように草木に降り注ぐ　甘雨
つつじ　しゃくなげ　桃　杏などに
頃を重ねて降る　紅の雨
草木や農作物をうるおし育む　膏雨
木の芽雨　催花雨　発火雨　花時雨　春驟雨など
春の雨は　日本語の豊かな表現にこと欠かないが
四季の雨言葉は　数々あって

駛雨　疾雨　鉄砲雨　主従雨（あらぶりのあめ）などと
洪水を起こす大雨にもそれなりの地方の呼び名が
東北地方では　大抜けというところがあるが
秋冬の洪水を引き起こしかねない激しく降る　澎（ほう）
　雨（う）
中国地方にも　鍋割りというところもあって
天の鍋が割れて　水漏れが続くような雨で
鬼の仕業かと思わせる並みはずれた　鬼雨や
天上の盆をひっくり返したような　盆雨なども
白い雨が降ると　蛇抜け（山崩れ）が起きるとも
昨今の集中豪雨の災いも所によって違うのだが
今は　春の雨景色のような甘くゆったりと降る雨
が

深層崩壊　続・水の世紀

「いい湯だな」と思わず口ずさみたくなる程に
日本人は　温泉が好きであるが

日本列島全国で　温泉地は三千百余りあり
その泉源となる所は　一万八千ヵ所もあると言う
から
いたるところに噴き出してくる場所があるわけだ
から
日本列島では　温泉探しはそう難しくない
この地層には　土壌水と地下水の二種類しかなく
その境界を地下水面と呼んでいるという
私たちの住んでいる地面の下にも水面があって
地中の連続した小さな隙間を満たしながら
ゆっくりと　滲みるように流れている水があるこ
とを

地質学では　岩盤の地下水を探り当てることが
温泉の発掘だったり　泉の湧き水だったりして
「水のみち」を発見する水脈占い師もいたりした
が

大方の人々は地中のことなど考えたことなく
日常の私たちが暮らしている
地面の下はどうなっているのだろうかと
予想もしない地すべりが起こって初めて気付き

日本列島の　土砂災害の発生は
この二十年で一・五倍となり　一年あたり千回を
超え
その度に　多数の死者　行方不明者を出してきた
が
その原因と考えられるのは
地球温暖化が招いている大雨の頻発といわれ
気象庁の統計でも「経験のない大雨」が増えてい
て
雨量の記録が　あちこちで更新されているという
伊豆大島の大規模な土石流災害もその一つで

慈雨の水は　ゆっくりと地面に染み込んで
地底の岩盤に沿って地下水となり
水の循環は　地上の人々の暮らしを潤すのだが
今　地球温暖化という人間の罪によって
深い岩盤から崩れる深層崩壊があちこちで起こっ
て
水の逆襲を受けていることに

異変の海　続・水の世紀

アメリカの大統領と日本の首相が　銀座の高級す
し店で
マグロのとろのにぎりを食べながら
環太平洋連携協定（ＴＰＰ）の話でもしたのだろ
うか
今年は当たり年だというが　日本海で水揚げされ
た
ダイオウイカの刺し身は　まさか出さなかっただ
ろうが
温帯海域の水深千メートルに生息する無脊椎動物では
世界最大級の生き物で　最大十八メートルにもなるそう
で
その生態は謎に包まれたところも多いと言う
新潟県佐渡市沖で　富山県氷見漁港や鳥取県網代
漁港で
体長四メートルものダイオウイカの発見が相次いでいる
が
海の底では　何が起きているだろうか
黒潮の流れにも　何かが起きているのに違いない
と
眼に青葉の頃の　カツオの不漁が続いていて

あの駿河湾の見事なサクラエビの収穫も激減して
　いるし
対馬海流の流れる日本海の大和海嶺のあたりでも
ホタルイカやヤリイカなどの水揚げも半減してい
て
世界中で　一番海産物を好んで食べる日本人にと
って
日本の食卓から魚介類が消える日が来ないかと
世界の研究者の中には　二十一世紀中頃に
海から魚がいなくなると警告する過激な論文もあ
り

いま世界のあちこちで「ＳＵＳＨＩ」ブームが起
こり
世界の繁華街では　回転ずし店が続々と増えてい
　るが
すしネタの多くは輸入に頼っていて
最近は　養殖マグロも話題になってきてもいるが
四百キロのクロマグロを育てるのには
餌となるアジやサバを八千キロも与えなければなら
ず
それでは人間がその餌を食べたほうが効率がよく
よく考えるとモッタイナイ話でもあり
乱獲続きのやせ細る海の未来は　どのようにすれ
ば

それだけではなくもうひとつの大事があり
世界三大漁場の一つ　暖寒流が出会う潮境の
三陸沖の豊かな海へも
このままでは　東京電力・福島の原発事故による
高濃度の　放射能汚染水が大量に放流されるかも
　知れず

漂流

続・水の世紀

米国の原子力空母「ロナルド・レーガン」の元乗
　組員たちは
帰国後に体調が悪化して　様々な症状に苦しみな
がら
いのちの漂流が始まって
高熱が続き　リンパがはれ　髪の毛がぬけ　体重
　が激減し
全身のはれや　嚢胞や発汗　膀胱不全などを発症
し
こうして福島の人びとと繋がってしまったのだろ
　うか
「トモダチ」作戦のせいで

あの日　何処が海岸線だったのか判らないほどの
巨大津波が押し寄せては
人びとの日々のくらしが一挙に崩壊し　束になっ
て
山野のような瓦礫と化け　漂流し始めたので
人のいのちと　人の死が　混ざり合って押し流さ
　れていき
思い出の日々が貼られたアルバム写真と一緒に
汚染された海底へ沈みこんで

津波を生き延びた人びとも　転々として
望郷の念に駆られながらも　あちこちの町に漂流
　し続けて
日々の暮らしをしてきた自分の家なのに
戻りたいのに戻れない日常がずっと続いて
小学校のグラウンドや公園　空き地の仮設住宅で
なじめない暮らしを続けてきたが　避難解除と言

われても
立ちすくむ故郷があるだけで
福島の沖合約百八十五キロにいた「ロナルド・レー
ガン」の航海日誌には
放射性プルーム（雲）の下に入ったことが記録さ
れていて
当初　海水蒸留装置の水を使って
調理をしたり　食事を取ったりしたので
その後も　甲板の洗浄には汚染された海水を使っ
ていたから
「トモダチ」と「放射能汚染」の船という宿命が
付きまとい
横須賀海軍基地に停泊して
今も　被曝の闇のなかにいる数千隻のマグロ漁船
は
幽霊船のように漂流しているのだろうか
マーシャル諸島・ビキニ環礁で六回も行った水爆
実験で
被曝したのは「第五福竜丸」だけでなかったこと
が
「おれの体が証拠だ」と言って死んでいった乗組
員の無念は
被曝した漁船とともに漂流しているとしか思えな
いから
被害の全容がわからないままで
村に帰るのは　子どもが大きくなってからかも判
らない
離れて暮らす祖父母たちには　孫の電話が楽しみ
で
落ち着かない日々の暮らしが　何時終わるか判ら
ないので

我慢はしているけれど寂しさを募らせている避難の民は
心まで汚染されてたまるかと　ぐっと堪えてはいるが
避難解除されたら　先祖の墓があるから戻るけれど
人は減り　店は消え　縮む町に住めるだろうか
船も　暮らしの物も　人のいのちも　絆も　なにもかも
未だ　漂流しつづけて

漂着　続・水の世紀

海辺の鑑定団という催しをしているところがあって
浜辺には様々なものが打ち上がってくるので
漂着物から　自分だけのお宝を拾う楽しみがそれで
ひょっとすると　何処かの国のひとが投げ入れた
投瓶通信の手紙に出会うこともあるかも知れないが
地球の海には　一つの方向に流れる海流があるから
海に捨てられたものや　波に浚われたものなどが
いずれ　何処かに漂着するわけで
漂着物が何処からきたのかと推理する面白さもあるが
流木　貝殻　ペットボトル　人形　魚の骨　漁網　ブイなど
古くから日本人は「灘ばしり」「浜あるき」などと言って
浜辺に打ち上がった貝を食べたり　流木を薪にし

　たりしていたが

いま浮遊する海洋のごみは　少なくとも五兆二千
　五百万個もあるというが
北太平洋の「ごみベルト」に　その三分の一が集
　中しているというから
なかでも　大量生産されだしたプラスチックのご
　みは
世界では八百万トンも海洋に流れ込んでいると言わ
　れ
海鳥や　海亀がプラスチック破片を飲み込んでい
　ることも判り始め
さまざまな有機化合物を吸着する直径数ミリのレン
　ジペレット[*1]が
世界中の砂浜などに無数に打ち上げられ始めて
残留性の有機汚染物質が濃縮されていることが明
　らかになり

最終的にたどり着く場所のひとつが海岸で
地球の海は　いまも高濃度で汚染され続けていて
いつか　海は汚染の溜まり場になりはしないかと
海洋汚染を明らかにする研究の「インターナショ
　ナル・ペレット・ウオッチ」[*2]は
インターネットや学術雑誌を通じて　世界中の
　人々に
砂浜などに打ち上げられた小さなプラスチックの
　粒を拾い集めて
送って欲しいと呼び掛けているが
ポリ塩化ビフェニルやジクロロフェニルトリクロ
　ロエタンなど
人間や　生態系に有害な有機物を調べているが
製造や使用を止めなければ　物質の循環的な安全
　な環境は来る筈もなく
東日本大震災と原発事故による破壊された夥しい

ものたちも
セシウムに汚染された海水とともに　北太平洋海
　流を環流して
再び日本列島に戻ってくることが判ってきたから
生きている人たちの　忘れられない死者への深い
　思いも
いずれ何処かに漂着するのだろうかと
岩手県陸前高田市の広田半島に
樹木に囲まれたカフェの前に　古びた赤いポスト
　を立てては
「漂流ポスト3・11」[*3]と名付けているが
此処に届けられる手紙は　生き残された人たちの
　思い出のなかを
あの日からずっと漂流し続けているそれぞれのこ
　ころの疼きで
行方不明の貴方を探してあげられなかったことの
　後悔や
死亡届は出すつもりはありませんと頑な気持ちの
どうしようもない未練な言葉を綴るばかりだが
漂流ポストに投函することで　死者へ届く思いも
　あるかと
涙の手紙を便箋にしたためては
海辺に漂着する無数のレンジペレットは　環境破
　壊への抗議を込めた
地球の海へ零された人類の悲痛な涙粒かもしれず

＊1　ポリエチレンやポリプロピレンなどプラスチッ
　ク製品の原料。大きさが数ミリの粒。
＊2　プラスチックごみの調査をしている民間団体。
＊　これらの参考資料は、「朝日新聞」と「しんぶん赤
　旗」の記事によるもの。
＊3　日本テレビ系・ドキュメント16「漂流ポスト…
　…あなたへ」から。

偽水

続・水の世紀

そこに在ったものを　全て引き剝がすように
津波の水は　もとの海へ還っていき
普段の時間を奪っていってしまったから
そこに戻ることのできない日常の時間が過ぎる
食器を洗い　洗濯をして　口を濯ぎ　排泄を流し
ここの水は　日常の態をなして在るのに

あの時から　普段の時間は少しずつ罅び割れ
偽ものの水が漏れ始めたので
終息はあるのか　誰にも判らない
長期にわたる避難生活や　移住を強いられ
自殺や　家族の分離はあたりまえのようになり
満ち足りた時間の流れのなかにあったものたち

米をつくり　牛を育て　商いをし　荷物を運び
様々な機械を動かしてきた何気ない暮らしと故郷が
生きている人々の場所には戻らないから

両手で掬い取ったいのちの水が掌から漏れたように
放射性物質で汚染された地下水も　海へ漏れ始めて
日常の時間の経過とともに　日々増え続け
福島第一原発の事故は終わっていないわけで
二号機取水口付近から高濃度放射能汚染水が流出し
海側に延びる地下配管の水は　二十三億ベクレルで
配管坑道の水も　九億五千ベクレルで
四十二ヵ所の　サブドレン（井戸）の水からも
原子炉建屋の地下などにも

敷地内に林立する約千基のタンクからの
汚染水は　合わせて四十万トンにもなろうとして
時間を重ねていく毎に　過去最悪の　過去最高で
偽水の　記号と　数字は　更新され続けていくが
いずれ　羊水の海に放出する意図がみえて

偽水は希釈され　海へ戻って行くように見えても
町や　田畑に　森や林へ　山や河川へと循環して
は
自宅に戻ることの出来ない被災者たちにまで
無常の水となって　還流して来るのだろうか

地の塩　続・水の世紀

価値とは　何を　秤の上に載せて計るのだろうか
この地球上の　森羅万象について
人々は　貨幣価値によってその差を付けようとす
る
何処にでもあるようなものに価値が無いのだろう
か
例えば　塩のようなものと言えば誤解が生まれる
が
塩は　古代ローマ時代に金と同様の価値があった
から
兵士の給与として支給されていて
ラテン語の塩がサラリーマンの語源になったとい
う
塩は　よほどのものであったのだろうが
いまは　塩の専売制度が終焉して自由化となり
日本に流通している塩はなんと四千五百種類以上
の
多種多様なものがあるというけれど

母たちの子宮ように　人は体内に塩の海を持ち
生命の誕生と　生命の維持を続けられているから

地球では　生命ある人間や　動植物たちばかりか
水も空気も　山脈も平野も　大地も　自然の全て
が
百十八種の元素でできていると言うことだが
塩は　元素周期表の原子番号十一番のナトリウム
と
十七番の塩素が結合して生命維持に役立っている
が
同じ周期表の中には
死の破滅も潜んでいるから
原子番号九十二と九十四のウランとプルトニウム
の

「国連会議」は　核兵器の非人道性を厳しく告発
して
人類史上初の核兵器を違法化する核兵器禁止条約
を
百二十二ヵ国の賛成で採択して
核兵器の　開発　実験　生産　保有　使用
使用の威嚇等を全面禁止して
「悪の烙印」を彼らの額に押すのだと
ノーモア・ヒロシマ　ノーモア・ナガサキ
ノーモア・ヒバクシャ
ノーモア・ウォー
アイキャンが　ノーベル平和賞を受賞することに

この地球上の　塩の地は
ポーランドのヴィエリチカや
一万一千平方キロメートルに広がる
天空の鏡　ボリビアのウユニ塩湖も
チュニジアのショット・エル・ジェリドなどなど

地球の　何処にでも存在する
真理の塩こそ価値であり
人類の破滅を救う　人道の誓約となるものと確信
して

エッセイ

テーマをなくした現代詩
——自分より他に歌う相手がなくてもいいか——

　現代詩だけでなく、「生きている現実を」表現するということは、容易なことでない。

　まして、いまの現代詩の状況は、「現実から離れて、ことばの中に軽く浮遊している」ような詩をかく若い詩人たちがふえ（鈴木志郎康、'88・12・24 朝日新聞夕刊）「詩の読者にも成り得ず、自己表現と称して身辺雑事を行分けの文でつづり、詩のつもりになって詩集を刊行する」人々が多い（水口洋治）傾向なのである。

　秋村宏が「現実を捉えきっているとはいえない」「なにかが不足している」という思いで、あらためてリアリズム詩論を提起したのは、詩運動の旗印が明らかな詩人会議においてさえ、今日的な考察の必要を感じているということだろうか。

　そこで思い出したのは、イギリスのジョージ・トムスンの『詩とマルキシズム』（小笠原豊樹訳・れんが書房刊）に収められた「これからのこと」の、次の一文である。

　ジョージ・トムスンは「資本主義のもとで、詩人の社会的地位は変化した」と書きはじめ、「私たちの現代詩は、支配階級の仕事ではなくて（大企業が詩のことなどかまうものですか）、中産階級の知識層——（中略）プロレタリア階級と手をにぎることはまだためらっている、そんなごく一部の孤立したグループの人たちの仕事になっている」「ブルジョアの詩の規模は—その内容や訴えかけの規模はずっとせばまってきている。それはもはや、一民族全体のための作品ではむろんないし、階級のための作品でもない、単に小さな仲間内だけで通用する作品になってしまっている。ブルジョア詩人は、自分の芸術に新しい方向を与えることを学ばなければ、じきに自分よりほかに歌う相手がなくなってしまうでしょう」と記述している。これと現代詩の状況と重ねあわせてみれば、これほど明解な文は他にないと思ってしまう。詩人会議十二月号の詩誌評の宮本勝夫の一文も、同趣旨のものと読めたが。

現代詩はいま、新しい方向を学ばなければ「自分よりほかに歌う相手がなくなってしまう」状況になりつつあるのだ。だから、次のような一文も書かれる。

> 詩は読まれているだろうか。どうも心もとない。売れているという話は余り聞かない。しかし、出版される詩集の数は、多くの自費出版を含めればふえているように感じられる。書かれる「詩作品」の数は夥（おびただ）しい。その詩を書いている人に聞いてみると、余り読まないと答える人が多い。（鈴木志郎康）

だが、われわれの詩運動は、これとちがった新しい方向にすすめねばならない。

秋村が問題提起しているように、リアリズム詩の立場から、「生きている現実」や「動いている現実」を表現しようとするならば、その〝現実〟認識がどんなものなのか、先ず明らかにしなければならない。

〝現実〟は、当然変化してきた。とりわけ、八〇年代後半の猛烈なスピードの変化は、われわれの〝現実〟認識を、置き去りにしてしまっている感じさえする。

科学技術の進歩―エレクトロニクス化、情報化、ソフト化の進行―による産業構造の大きな変化と再編成。ともに進行している産業と貿易の〝国際化〟。国内での失業、雇用不安の深刻化。肥大化する生活費の重圧などの〝現実〟は、勤労者生活を全般的に不安定化し、（生活の）格差を拡大させている。

こうした社会的経済基盤の変化は、従来の多数派的「中流」意識を解体させ、支配階級が宣伝してきた、対立のない「無階級社会」のイデオロギー操作も破たんし始めてきた。「豊かな社会」のなかで、新たな「貧困」がつくられ、階級対立の矛盾について内外を問わず新たな議論がおこりはじめている。

文化もまた、すさまじく変化してきた。現代詩の方法論として、リアリズムを考えるならば、こうした文化の変化と〝現実〟を、合わせて考察しなければ、意味をもたない。

その意味で、一九八五年末からの朝日新聞の連載「文化の変容」は興味深いものであった。

例えばハードな面で、「空間の均質化」―都市と農村の格差縮少や、同質で効率的なベッドタウンの建設などによるまちやむらの変化―がすすみ、それらによって「人々の人生まで均質化し」「人間同士の関係も表面的でよそよそしいものに変わった」(哲学者、市川浩)という。

一方ソフトな面でも、マスメディアの「テレビで、日本中が一億総親せき化した」(作家、井上ひさし)といわれ、「小さな共同体の中での隣人への好奇心が、今日の高度にメディアが発達した大衆社会では、一気に何万倍にも巨大化して現われるようになった」(劇作家、別役実)ともいう。

「無関心」と「好奇心」―一見矛盾する他者への意識構造が安易にはたらく個人化された現実ができあがっているのだ。

一昨年の大きな話題のひとつは、超伝導の問題であった。この実用化がすすむと、文化の分野では、情報の伝達手段の開発と結びついて、情報の超伝導時代に入りはじめるといってよい。ところが「情報があふれればあふれるほど、逆に世界の全体像が分りにくく」「手ごたえのある他者が見失われていく」(哲学者、坂部恵)という。そして「コンピューターの言語に近い情報が社会の中にふえ、意味が見えないブラックボックスの部分が社会全体に広がる」(東大教授、石井威望)、だから「思想の全体は人々に伝わらない」(社会学者、桜井哲夫)ともいう。

個の問題でも、現代は「生まれたときから二次元の世界に囲まれていて」その「世界での擬似体験で、一種の欲望の喪失現象を表している」と危ぶみ、「生きるために必要な動物系の感覚を養う機会が少なくなっている」(生殖生理学者、大島清)と指摘する。

そして「人間の生や死さえも身の回りの手の届くところから消えて、直接体験のない世界になった。言葉の背後にあった世界が変容したために、故郷や母や家といったなつかしい言葉(社会的意味あいの言語)は実体を失って、次々と死語になっている」(評論家、松本健一)

――※傍点とカッコ内の文は筆者――

「死語」となった言葉では、詩は書けない。だからリアリズムをめざす詩人たちは、二つのことを考慮にいれなければならない。それは、新たな表現思想で、言葉に新たな社会的意味を与えることと、詩作によって人々を、階級的に組織することである。詩人は、依然として、その時代の、宣伝・組織者としての役割をになっている。だから個人化された社会を、集団化するためにこそ、詩を書かねばならないと思っている。

しかし、リアリズム詩の立場から、今日の社会的テーマを新たに表現しようとしても、そう簡単に作品が書けるものでない。

一九七〇年代初め、私は堺詩人会議の詩誌に、住んでいるまちの公害を告発するいくつかの作品を書いた。そのひとつ「白鷺の墓」で、〈誰も／赤く焼けたゞれて落ちる／白鷺を　見たわけでない／／それでも／ガスを透かして／脹んだ資本の風景へ沈みこむ／巨きな夕陽を／繰り返えし目撃すると／真赤になった鷺の墜落を想うのだ（後略）〉と、臨海コンビナート新日鉄などの公害を形象化した。しかしいまは同様に書けない。公害がなくなったわけでなく、むしろ身近の報道でも「史上最高のNO$_2$汚染」と見出しがつけられ、堺の公害患者も、減るどころか増えている。また昨年末には尼崎の公害患者と遺族計四百八十三人が、「公健法」改悪後、初の提訴を行い、複合汚染の責任を、国や企業を相手に裁判をはじめることになった。

ところが一方堺の公害発生源のひとつ、新日本製鉄所の高炉の火は、産業構造の急激な変化で、次第に消え、景気のよかった五〇年前後に三千六百人いた労働者も、相つぐ合理化で、今は二千五百人に減り、火が消えればさらに七百五十人の仕事がなくなるといわれている。産業の空洞化とともに、公害の詩は、新しい表現を求められている。

先に刊行された詩人会議のアンソロジー『人間の声たかく』（一九四名の作品）に、公害の詩が載らなかったのは、このような、「現実」の変化を、書きあぐねている詩人達の状況が反映したのかも知れない。

今日、公害の現実は、もっと深刻に、多様なかたちで、地球的規模のひろがりをみせているが、その元凶は、国家独占資本主義であることに変わりはない。それは、個人の日常的体験を、はるかに超えたひろい範囲に本質がひそみはじめているといえる。

詩の言葉を選ぶまえに、詩人がしなければならないことは、時代や社会のおおきな対立や矛盾にどうやって到達するのか、それは科学的社会主義の立場で（いろいろな体験の分析や細かい調査や、さまざまな学習を通じて）、現実を正確に認識することである。

しかしそれだけで、すぐれた詩は書けない。詩は、文学的表現である。そこでは、書き手と読み手の共鳴する想像によって「生きている現実」を形象しなければならない。そこが、流行のコピーとちがうところでもある。

コピーライターはいろいろな流行語を創り出しているが、その広告の九五％は、大衆の想像力をなえさせる方向に作用しているといわれている。

想像力こそ、人間のみが持つすぐれた能力であり、詩の言葉の魔術をうみ出し、詩的体験の弁証法としてはたらいて、読み手を高める（感動をともない認識を変革する）役割をはたす。それは、いまだ現実体験しえなかった詩的体験の世界である。

一九九〇年代のキーワードの一つは「グローバリズム」だという。「すなわち『地球』を視野に収めない限り、九〇年代の政治、経済、文化、技術の諸相の一切が明瞭には見えてこない」（佐和隆光、'88・12・27朝日新聞夕刊）という。

米誌タイムが「危機にさらされた地球」を選んだように、〝公害〟もまさに地球的拡がりを見せている。フロンガス、異常気象、森林の消滅と荒廃、酸性雨、原発事故による放射能汚染、食糧問題などである。

核戦争、平和の問題も、産業の空洞化や、雇用・労働・失業問題も、本質が変わったわけでなく、矛盾が深まり、拡大され、それにともなって現象の世界が広がり変わったのである。

南アフリカのアパルトヘイト（人種隔離・差別政策）も「世界の資本主義社会と深いつながりをもち」われわれの身近かな、日本の百以上の企業が、これを支えている（ANC駐日代表、ジェリー・マツィーラ）。

自己の「日常」は、他者の「非日常」（南アの黒人たちの虐殺と拷問の日常）と、資本主義の本質で深くつながっている。これらは、すべて、今日的な詩のテーマである。

秋村は「自己の存在を通して、他者の世界につながろうとする行為が、詩のひろがりの基礎になる」といい、「詩をもっと広い世界へおしだす創造が必要なのではないか」と、エッセイを結んでいる。

生きている現実が、グローバルなものなら、詩もまた今日的にふさわしく、大きな言葉が語りかけ、ひろがらねばならない。しかし、リアリズムの立場からすれば、秋村が続けて言っているように、自己と他者を「往復する批評の眼」が、絶対に必要である。それがなければ、今日の状況下で、詩人は、決して、詩で連帯することのできる「手ごたえのある他者」を見つけ出すことは、できないだろう。

詩人の認識を、時間と空間を超えてイメージを往復させるところで、すぐれた作品を書いている何人もの書き手がいる。手近かな詩人会議十二月号の特集からいくつか作品をあげると、浅尾忠男「吹上幻想」、伊藤真司「切断荷重」、柴田三吉「義眼」、くにさだきみ「白い吊革」などである（それぞれの推薦文を参照してほしい）。

私は、反戦反核詩歌句集第六集に「紛失物」を載せたが、この作品は二十年前に書いたものを、いまのパロマレス村の驚くべき放射能汚染の現実を知り、あらためて書き直したものである。浅尾忠男詩集『ヒロシマ幻像』や石川逸子詩集『ヒロシマ連禱』のように、四十数年経っても、書きつづけなければならない今日的なテーマもある。

もし、詩人が、自己の全存在で、世に問うものがないなら、詩集など出さないほうがよい。どうせ、誰にも読まれないのだから——。

「詩人会議」一九八九年三月号

現代詩は、状況を書き切れているのか

私は、八九年に「詩人会議」に「テーマをなくした現代詩」というエッセイを書いた。それからもう二十年も経とうとしているが、詩作品が、今日の状況を書き切れていないという思いが、今も続いている。ところで、今回大阪詩人会議「軸」に書いたエッセイ「ヒロシマ遺言ノート」のなかで、松尾静明さんの「『ヒロシマ（状況）派』そして『反ヒロシマ（芸術）派』」（「詩と思想」八月号）というエッセイに触れ、その中に「状況派」から「芸術派」への言葉が十一項目あり、「芸術派」から「状況派」への言葉も九項目あると書いたが、その言葉については具体的にあげなかった。そこで少しそれぞれの言葉について考察してみたいと思う。先ず松尾さんが言っている事で「先の『ヒロシマ派』と『反ヒロシマ派』の意見の応酬の中の、それぞれの最後の意見は同じものであることが気になる。」という箇所は次のような意見である。「自分に対する批評精神の欠如が、作品の中から、人間そのものの〝心〟の問題を失わせている」

この意見の中には、二つの事が含まれている。一つは、表現者としては、内に批評精神が不可欠であるということ、二つめは、詩（あるいは文学）作品には、人間の心がなければならないということ、ただし、心の問題と言う時には少しあいまいで、文学精神とか、芸術的認識とか、あるいは人間性（ヒューマニズム）の保持とか、心の内面性の定義が判然としない文言でもある。しかし、意識とか、認識とか、人間の思惟活動において、その「心」の部分というものは、詩作品を読む受け手からすれば、ある種、作り手（作者）の何らかの心理状態が感じ取れないということになる。それは意識だけでなく感情がともなう（もっとも、感情は、）「私どもの心のなかで、（あるいはむしろ、身のなかでというべきかもしれない）うごく何らかの意識である。」（島崎敏樹著『感情の世界』）とすれば、それと一体の精神活動として理解してもよく、問題は、その意識の質にかかわることではないだろうか。つまりは、表現者としての思想の脆弱性に起因する（思想は、政治的思想と誤解されそうだが、思索、あるいは思惟という意味である）。

次に「絵・写真・演劇・絵本・漫画などがもたらす不安や恐怖、あるいは平和への衝動を、詩の言葉がもたらさない。人間は脳だけでなく六感的存在でもあるのだ。」（状況派から）と「心の表面を描いたものは多くの他者の反響を得るかもしれないが、心の深部を描いたものこそが、確実にひとりの他者につながるのだ、という芸術の基本がない。」（芸術派から）。この意見は、どこか一緒のような、違うような文言である。要は、芸術作品の他者（鑑賞者）への伝達についての作者の意識の働きが、その芸術作品の制作過程においてどのように働けば最も有効なのか、あるいは芸術の基本に叶ったものなのか、という意見のように思える。

そこで、芸術表現について考えてみたいと思う。例えば、詩もそうだが、文芸について「文芸の少なくとも一部は言葉（言語による形象）を認識手段とする形象的認識である」（北条元一著『文学・芸術論集』）と言っているが、この形象的認識という芸術の規定にかかわって、「想像」という思惟形式について考えることとする。

私は、先の「テーマをなくした現代詩」の文中に、このように書いた。「想像力こそ、人間のみが持つすぐれた能力であり、詩の言葉の魔術をうみ出し、詩的体験の弁証法としてはたらいて、読み手を高める（感動をともない認識を変革する）役割をはたす。それは、いまだ現実体験しえなかった詩的体験の世界である。」と。北条元一さんは、先の本のなかで「想像は、人間にしてはじめてもつことのできる能力であり、感覚像を外化する場合に必要な分析によって可能となったものである。もともと分析は、分析される以前のものをそのまま再現するためのものではない。現実的生産においても分解は再びそれを組み合わせてもとと同じものを作りあげるためにするものではない。分解して、こんどは、その分解された要素を、もととは異なったふうに、しかも、もともとよりも有益なように、目的にあうように組み立てるのである。これこそが真の生産であり、そのことにこそ、分解のほんとうの値打ちがあるのである。」。そして「芸術において、えられる全体像は分析をへた総合であるから、この全体像を分析された簡単な形象（線、色、楽音など）から組み合わされた現実には全然存在しない、新しいものにすることができる。」。このようにして想像力の働きによる形象的思惟によって、芸術作品が創作されるのである。

「状況派」の言う「人間は脳だけでなく六感的存在でもある」ということと、「芸術派」の「心の深部を描いたものこそが」という言葉のもつ「意識」の在り方は、芸術作品の創作過程における形象的認識にかかわって、感情の意識が働くということの度合いが、どの程度なのかによって、その結果として芸術作品の感動の伝達に差異が起こるということではないだろうか。だとしたら、「六感的存在」とか、「心の深部」とかでなく、人間として豊かな感情を常日頃から育てておかなくてはならないし、豊かな言葉による形象的認識の可能性を身につけなければならないのではなかろうか。

さて次は、「状況派」から「芸術派」へ、「人間は社会的存在でもあるということへの認識の欠如」と言い、「芸術派」から「状況派」へは「人間は個的存在でもあるということへの認識の欠如」と言っている。

この論旨は、よく言われる「組織」と「個人」の対立関係にも似ている。もっともこの対立関係の統一は、普通、民主主義の社会において、個人を尊重し、社会の集団的人間関係が大切にされるということによって成立する要件と思われる。

ここでは、芸術表現に係わって考えてみたい。北条元一さんは、想像という思惟形式についての考察で、「われわれは、芸術が客観的実在を形象を手段として認識することをみてきた。そして芸術はやはり科学と同様に分析および綜合をおこない、現実を観念的に再生産するものであることをみてきた。」と書く（その後、芸術と科学の認識の違いにふれているがここでは省略したい）。そして、客観的実在の領域が感覚域であるとして、「感覚域は、主体の活動によって変化し拡大できる。」としながらも、「しかし、どんなに拡げたにしても、その範囲はやはりひどく限られている。」として続けて「未来は絶対に反映できないし、過去も、現在の大部分も反映できない。」と書いて、「これを補うのが記憶である。記憶のおかげで、人間は目前のせまい感覚域をこえて、より広く客観的現実を反映できるのである。」「芸術における事実の描写（模写）は、じつは大部分は記憶の表現なのである。」と述べている。

こうして芸術表現は、記憶のはたらきに助けられて想像し、次第に真理に近づいてゆけるのである。しかし、記憶は個人的経験の域をぬけでることはできない。そこで、他人の記憶が（間接的なかたちで、書籍や映像、新聞など、ありとあらゆる記録されたものや資料を自分の記憶として追体験することによって）生かされるのである。

従って、記憶は体験として個人的なものであり、同時に学習として社会的なものという二つの性格を合わせ持つものと言える。このように考えれば、「芸術派」の言う、人間は「個的存在」という認識も、「状況派」の言う「社会的存在」という認識も、あえて言えば、成立する。なにも対立概念としていうことではないのではなかろうか。

そこで、結論的な言い方になるが、芸術（作品）は、何らかの芸術形式を伴って、表現され、外化されて存在する社会意識だから、社会の成員への指針として感動が伝えられるという意義を持つものである。それは、芸術創造者としての資質に因っている。

松尾さんの最後の行で「いまの時代では、〝状況〟を書かない詩人も、〝状況〟を書く詩人もともに同じ罪をかかえている」とある人の意見を紹介しているが、改めて「芸術とはなにか」を、芸術認識論から再考してみる事が求められている。

詩誌「ＰＯ」132号、二〇〇九年春

※　参考文献　島崎敏樹著『感情の世界』岩波新書。
北条元一著『文学・芸術論集』本の泉社。

時代の新しい分岐点に私たちは　いる
――ボブ・ディランの「こたえは風に舞っている」

今いるところが「現代」だ。そしてその存在は、ずうっと過去にまで遡るものでもある。何処まで遡るのかは、思考の物差しの長さをどれほどにするのかにかかっている。翻ってその存在は、これからの未来にも繋がってもいる。誰が考えても当たり前のことなのだが、人間の思考は、ただ漠然と判断することができない性質なのか、いつも「区切り」を付けたくなる。そしてあれこれを論じあって、なにかにつけ結論めいたまとめ方をしてしまう。近代詩とか、現代詩とか、あるいは、戦後詩とかも、時代区分的思考のまとめ方であって、これまで多数の文章が書き残されてきたが、今回は、十分に記述できないと思うので、最初にお断りしておきたいと思う。

昨年末、三十一日付の朝日新聞「天声人語」に「『まさか』の語源は、目の前のことを指す『目先』（まさき）だという説がある。現実を表す言葉が、ありそうにない事柄へと意味を転じたとすれば不思議な気がする。さて『まさかの現実』に見舞われた二〇一六年であった。」（後略）。この文章のように万人の予想を裏切るような出来事が、次から次へと世界のあちこちで続いて起こった年であった。

イギリスが欧州連合（ＥＵ）からの離脱を決めたこと、米国大統領選挙でトランプ氏が選ばれたことや、ヨーロッパ各地の自爆テロの続発で平穏な社会がテロの恐怖に晒され続けてきた（余談だが、かつて私たちが旅行で訪れた都市がほとんどだ）。また、ＩＳやアルカイダの無差別テロ、シリア内戦など、国際政治の混迷は深まるばかりで、解決の糸口が見つからない状況が続いている。

日本では、昨年前半に、戦争法（安全保障関連法）反対の国民的運動が起こり、七月の参議院選挙で史上初めての野党と市民の統一候補が生まれ、十一の選挙区で勝利したことや、その後の十月の新潟県知事選挙でも「原発再稼働は認めない」という統一候補が当選するなど、政治の世界では、新たな前進が実感できたこともあった。しかし一方、安倍内閣は、国会内の多数をたのみにして、国民の批判に耳を貸さず、強行に強行を重ねた採決の連続で、ついに憲法九条を踏みにじるようにして、南スーダンへ「駆けつけ警護」の新任務を付与して、自衛隊を派兵した。憲法が禁じる海外での武力行使に踏み切る危険が高くなってきた。

国民の暮らしに係わる内政でも、沖縄の辺野古新基地建設、高江のオスプレイ着陸帯建設など米軍基地問題。福島原発事故からの復興や原発再稼働問題、環太平洋戦略的経済連携協定（ＴＰＰ）や「年金カット」法や「カジノ解禁」推進法などを、年後半の臨時国会で強行成立させた。

朝日新聞一月一日の社説は「憲法七十年の年明けに『立憲』の理念をより深く」と掲げ、今年五月に憲法施行七十年を迎えるとして、立憲主義の根っこにあるのは個人の尊厳だと書いている。この「個人の尊厳」という言葉は、これからの時代を解く重要な一つのキーワードだと思う。それを、これから何事につけても検証していかねばならないのではないかと考えている。

「戦後詩」運動の原点は、「荒地」だと言われている。もっとも詩誌の発行では、終戦の翌年に九州で「ＦＯＵ」が発行され、昭和二十一年には、「詩研究」が復刊されている。本格的に詩誌が発行され始めたのは、終戦の翌年ということである（寺田弘、終戦直後の詩誌、概説、日本詩人クラブ編『《現代詩》の50年』）。

詩誌「荒地」の創刊号の発行は、一九四七（昭和二十二）年九月であるが、戦後詩をどう考えるかという問いには、必ずと言っていいほど、「荒地」が挙げられる。

それは一九三一年九月の満州事変（柳条湖事件）から始まった十五年戦争で、アジア全域の死者は、最終的に約二千万人（推定）で、侵略戦争を起こした日本も、軍人・軍属、市民が少なくとも三百十万人が死亡するという戦争の「死者たちと生者たち」の歴史が前提である。

戦後の「荒地」は、その時代の区切りとして、いうまでもなくそうした戦争体験を経た詩精神のありようを、課題としたことは、まぎれもない。そういう意味で、戦後詩運動の原点となった「荒地」グループの出発を象徴的に示している作品として、大抵、鮎川信夫の「死んだ男」が取り上げられる。五連の部分のみを引用する。

埋葬の日は、言葉もなく
立ち会う者もなかった。
憤激も、悲哀も、不平の柔弱な椅子もなかった。
空にむかって眼をあげ
きみはただ重たい靴のなかに足をつっこんで静かに横たわったのだ。
「さよなら、太陽も海も信ずるに足りない」
Mよ、地下に眠るMよ、
きみの胸の傷口は今でも痛むか。
（『鮎川信夫詩集』）

「この詩の中で歌われている『M』は作者の友人で、ビルマ戦線で死んだ詩人の森川義信である。ここでは、詩はもはや『歌』でありえず『語り』になっている。『語り』というよりも『呟き』という方が適切であろう。（中略）鮎川は『現代詩とは何か』で、われわれにとって唯一の主題は、現代の荒地である。戦争と戦争に挟まれた時代に生き、一度は戦場に生身を賭けたわれわれは、今もなお暗い現実と引き裂かれた意識から脱することが出来ずに、冷たい戦争の成り行きを見守っている。」「戦争という共同体験を持つことによって戦後の荒地に生き残ったわれわれは、われわれ自身の生活と共に、新しい時代の課題に直面することになったのである。」

（分銅惇作「戦後詩をどう教えるか」、「國文學」〈特集：戦後詩への視角〉一九七一年十月二十日発行・學燈社）

「荒地」は、一九四七年に鮎川信夫、田村隆一、黒田三郎、中桐雅夫、北村太郎、木原孝一、三好豊一郎によって創刊。一九四八年まで、全六冊を刊行。一九五一年からは『荒地詩集』として五八年まで通冊八集を出して廃刊（しかし戦前の一九三九年から四〇年まで、同名の「荒地」が全五冊発行されていた。誌名はT・S・エリオットの詩集『荒地』に由来する）。

一九五一年の終戦の月八月に刊行された『荒地詩集』第一冊目には、歴史的なマニフェスト「Xへの献辞」が巻頭に載っている。「荒地」の詩運動を理解するために全文を紹介すべきだろうが一部分のみに止める。

現代は荒地である。そして僕達は、それが単に現在的なものの徴候によってのみ、充分に測定され得るものとは思っていない。現代社会の不安の諸相と、現代人の知的危機の意識は、その発端を、過去という記憶と資料の援けをかりなければならない世界に有している。(中略)
親愛なるX……。詩について考えることは、とりもなおさず僕達の精神と君の精神を結びつける架橋工作である。

ちなみにT・S・エリオットの「荒地」は、中桐雅夫訳で一九五三年版に載っているが、原詩について相当長い原注が付いている。何故だか、この一冊のみ、私の手元にある。そしてどういう偶然なのか今年の二月号の「詩人会議」誌に、中上哲夫が「荒地」を読む理由を書いている。その文によると月に一度「荒地」を読む集まりをやっているということだが、彼は「読んでも読まなくても、『荒地』は厄介な詩集なのだ。」と書き、その詩法にもふれ、作品の解説もして、とても興味深いエッセイであった。そこで、その文から、最初の七行で「死と再生」という「荒地」の主題が提示される詩行を紹介しておく。(岩崎宗治訳)

四月は最も残酷な月、リラの花を／凍土の中から目覚めさせ、記憶と／欲望をないまぜにし、春の雨で／生気のない根をふるい立たせる。／冬はぼくたちを暖かくまもり、大地を／忘却の雪で覆い、乾いた／球根で、小さな命を養ってくれた。

興味があれば、ぜひ一読をお薦めする。
ところで、ここで確認をしておきたいことは、戦後詩の始まりは、あの生死を分けた残酷で、非人道的な戦争で、「死ぬ現実」と、そして「生きる現実」を体験したことが主題となった。しかし、二十世紀は「戦争の世紀」とも言われるように、敗戦はそうした歴史の流れのなかの大きな分岐点だっただけである。私の手元に、明治百年を記念して出版された『アサヒグラフ　われらが一〇〇年』の写真集がある。これも一つの区切りであるが、その中に「天皇陛下のためならば」「戦争はもうイヤだ」「死に急ぐ学徒出陣」「散華する若もの」「犠牲の島　沖縄」「終わりの始まり」などのタイトルをつけた写真がある。そこに戦争による兵士の死体が写し出されている。もう一つの写真集は『碑なき墓標』〈毎日新聞社刊、一九七〇〈昭和四十五〉年発行〉がガダルカナル・ラバウル・ニューギニアの戦争の写真集だが、そこにも日本兵の死体写真が掲載されているが、いかに戦争が悲惨で、残酷なものかがリアルに写し取られている。

その一頁目の半分泥土に埋もれた頭蓋骨の写真に、次の文が付けられている。「近ごろ〝戦争体験の風化〟という言葉がはやる　〝戦争は終わった〟といわれたのは十年も前である　だが体験は風化しても事実は決して風化はしない　白骨兵士に引揚帰還命令を出さないかぎり戦後は決して終わりはしない」。今も、かつての広大な戦場で、遺骨の収集が続けられている現実がある。

私は戦争体験を持たない世代の人々にも、どのような手段と方法でもってしても、あの戦争についての事実を、想像力を働かして思慮深く考えて欲しいと思う。そこから人間にとっての「個人の尊厳」とは、という一つの答えが導き出されてくるのではないかと考えている。

再度、朝日新聞の一月一日の社説を引用する。「憲法七十年の年明けに『立憲』の理念をより深く」「世界は、日本は、どこへ向かうのか。トランプ氏の米国をはじめ、幾多の波乱が予感され、大いなる心もとなさとともに年が明けた。」。そして一面に、民主主義の試練という大見出しで、ボストン美術館にあるゴーギャンの有名な作品「我々はどこから来たのか　我々は何者か　我々はどこへ行くのか」を掲げて、連載を始めている。「いま大きな歴史の『断層』のような場所に立っている。そう感じる出来事が相次ぐ。米主導の世界秩序の終わりを予感させる新大統領の誕生。世界経済の長期停滞。所得格差の広がりが生みだす不信と分断―。どれも十年や二十年の歴史軸でとらえきれない大変化、大革命である。」。新聞記事の引用が少し長くなったが、特集の取材は、民主主義から始めたテーマに沿って、今も続けられている。新聞が、このような企画記事を掲載するということは、現代は、一つの歴史の『断層』という認識を持って企画を立てた証だと考える。今回いただいたこの特集の「現代の荒地」という命題も、何となく似通った発想の問題意識かなと思えたのである。

今いる現実に、何か区切りを付けねばならない大状況にさしかかっているということだろうか。私流にまず、結論めいた言い方をすれば、「歴史の断層」ではなく、「時代の分岐点」だと思うし、「現代の荒地」ではなく、エリオットの詩句にあった、大地が養ってくれていた「球根の小さな命」が発芽するような、一つ一つの命が人間社会という大地から生命力をもって、一つの花を咲かせようとする「再生の時代」の到来ではなかろうか。

ここでもう一度、「戦争」という命題で、戦後をなぞってみたい。一昨年、私は、九条の会・詩人の輪の大阪の催しで「戦後七〇年の状況と詩の言葉」と題して、話させてもらったが、そこで「憲法九条と戦争法」について述べた。簡単に言うと、日本国憲法には、第九条に「戦争放棄」が掲げられている。それを拠り所にして、私たちは、反戦運動を続けてきた。一方、朝鮮戦争を契機に、米国の占領政策が大きく転換され、日米安保条約が結ばれ、それにもとづく日米ガイドラインで、戦争に結び付く危険な共同演習が繰り返されてきた。そして、さらに一歩踏み出して、今回の自衛隊の南スーダンへの「駆けつけ警護」という新任務の付与にいたった。戦後七十年は、端的に、図式的に言うとすれば「憲法九条」対「日米安保条約」の平和勢力と戦争勢力のせめぎあいの戦後史だったと言えるかも知れない。

ところで、多くの識者が今日的状況について指摘していることは、「グローバル資本主義」の限界ということである。その一人である思想家、内田樹さんは「グローバル資本主義によって、資本・商品・情報・人間が国境を越えて高速移動し、グローバル化に適応できない人たちは下層に脱落した。だから、彼らが『アンチ・グローバル化』に振れるのは当然なんです。でも、それがさまざまな人種や宗教や価値観が相互に敬意をもって距離を置き、穏やかに共生するという方向には向かわずに、『自分たちさえよければ世界なんかどうなっても構わない』という偏狭な自国第一主義に向かっている」と書いて「今は世界史的な危機局面です」と言っている(「しんぶん赤旗」二〇一六年十二月四日付け、「どうみるトランプ現象と世界」の記事より)。

このグローバル資本主義のもと、弱肉強食の新自由主義の経済政策によって、あらゆる分野で「格差と貧困」が拡大し、富裕層への富の集中、中間層の疲弊、貧困層の増大が生み出された。これが今日の世界的な深刻な矛盾のもう一つの問題である。

一月十七日付け朝日新聞・経済欄の記事は、「国際NGO『オックスファム』は十六日、二〇一六年に世界で最も裕福な八人の資産の合計が、世界の人口のうち、経済的に恵まれない下から半分(約三六億人)の資産の合計とほぼ同じだったとする報告書を発表した。」「報告書は一九八八年から二〇一一年の間に下位の一〇%の所得は年平均三ドルも増えていないのに対し、上位一%の所得は一八二倍になり、格差が広がっていると指摘している。」。「資産額　世界上位八人対恵まれない三六億人分」という見出しである。

二〇一一年に米金融界の中心地ウォール街の占拠を訴えた「オキュパイ(占拠)運動」や、「人口の一%の最富裕層のための政治ではなく九九%のための政治を」という市民の運動は、こうした現実に対する新しい潮流である。これは、アメリカだけのことではなく、ギリシャ、ポルトガル、スペインなど、ヨーロッパ諸国においても、格差と貧困の拡大に反対する幅広い市民運動が発展している。まるで伏流水のように存在してきた様々な運動が合流して、格差と貧困の是正、平和を求めて注目すべき新しい潮流が生まれ始めている。「球根の小さな命」が希望の象徴のように発芽するように。

ところで、イギリスのオックスフォード辞書が昨年末、年間の世界の言葉に「ポスト真実(post-truth)」を選んだことについて触れなければならない。

それは、今日的現実に深く関わる言葉でもあるからだ。「『ポスト真実』にどう向き合うか」という名古屋大学大学院准教授の日比嘉高さんの記事（「しんぶん赤旗」二〇一七年一月十一日付け）から引用させていただきたい。

「ポスト真実」は二つの言葉が連なっています。ポストは「後の、次の」という意味なので、「真実の次に来る」「脱真実」というニュアンスになります。オックスフォード辞書は「世論を形成する際に、客観的な事実よりも、むしろ感情や個人的信条へのアピールの方がより影響力があるような状況」を指す言葉だとのべました。「事実よりも感情」ということです。

そして日比さんは、大統領選挙でのトランプ陣営の大小さまざまなうそや、イギリスのEU離脱の国民投票でもEUに支払っている拠出金の数字のうそ、日本の安倍首相の福島第一原発の状況を統御されているといったり、防衛大臣が南スーダンの首都は「治安が落ち着いている」とのべたりしていることを挙げ、「こうした事実に基づかない主張がまかりとおることが社会で起きています。これはインターネットの文化と深くかかわる問題で、一部の国でなく世界で見られます。政治的立場の左右を問わない、社会的な風潮として考えるべき問題です。」。

なぜそうした風潮が起きているのかという問いに対し「原因の一つに、私たちがニュースに接触する仕方が変わってきていることがあります。これまでは、まず新聞やテレビから知るという形だったのが、パソコンやスマホで見る。情報に接する仕方が変わってきています。」と答えている。

問題は、「ポスト真実」の風潮の背景にあることへの指摘で、「イギリスのEU離脱派もアメリカのトランプ支持者も、多くは没落した中間層だと言われています。日本も同じかもしれません。不遇な環境に置かれた不満や怒りのはけ口が排外主義的な言動や行為に向かいます。自分が感じる『正しさ』と相いれない考えに敏感に反応します。そうした強い感情や信条と結びついていますから、事実の正確さだけを示しても簡単にはカタがつきません。」。この指摘は、まさに今日的な「現実」の状況を言い当てていると思う。現実や事実に感情を付け加える行為が強くて、かえって真実から離れることになるということではないだろうか。その主流が「没落した中間層」だというのが、今の世界の状況である。

こうした「ポスト真実」の時代に私たちはどう向き合っていくべきなのか。日比さんは、現実や事実について情報を発信する時、「ちゃんと届く言葉、届く経路と方法で伝えていくことも大切です。専門家の中でわかっているることでも、それをわかりやすい言葉で一般の人に伝えていく。極端な政治信条、偏った意思に凝り固まった人たちを説得するのはなかなかむつかしいですが、右でも左でもない一般の人たちに向けて正確な事実を伝えていくということをしてもらいたい。」と結んでいる。

長い記事の紹介になったが、このくだりは、現代が新しい分岐点という意味で、とても大切な指摘だと思ったので、紹介させていただいた。

では、現代詩の言葉は、いま「ちゃんと届く言葉」「届く経路と方法」を持っているのだろうか。これを実証するには、かなりの行数を書き加えねばならないので結論めいたことだけをあと少し記述したい。

戦後、「荒地」は戦前のモダニズムの言語の意味破壊から意味を取り戻すことを主張して始まった。これと対比する詩運動として、プロレタリア詩（いわゆるリアリズム）を継いだ「列島」があった。小田久郎は、『戦後詩壇私史』において「『荒地』を主知派、『列島』を現実派とするなら『地球』は主情派、それも戦後という時代の問題意識を内包した主情派の拠点だったのである」と述べているが、大まかに分類するとすれば、現実主義と芸術至上主義の二つの潮流ではなかったのではないかとも考えられる。もっとも幾つものバリエーションに枝分かれして、分類は難しいかも知れない。

だが、戦後詩（誌）の動向を概観した時、「ユリイカ」とか、「現代詩手帖」や「詩学」などや、後発の「詩と思想」のような商業詩誌の存在と影響も、考慮に入れなければならないだろうし、これまでずっと長く継続されてきている「日本未来派」や「潮流詩派」、「詩人会議」、

「歴程」等々の活動をどう捉えるかも考察しなければならない。果たして「詩運動」と呼べるものが戦後七十年を過ぎた現在、存在すると言えるのだろうか。

今言えることは、阪神・淡路大震災、東日本大震災や原発事故など（チェルノヴィリ事故も）や、新しい二十一世紀型戦争が始まったと言われた米ＷＴＣ崩壊の九・一一同時多発テロ等の「新たな死者たち」の現実に言葉はどう立ち向かうのかということではないだろうか。

昨年、ボブ・ディランが、ノーベル文学賞を受賞して話題となった。受賞が、ノベル（小説）ではなくポエム（詩）であったことが、少し意外で驚きだった。しかし、そのことで、私は、詩の未来に希望を感じることが出来た感じがしてならなかった。そして受賞式に出席しなかったことも話題となった。ボブ・ディランの代表曲の一つと言われた「風に吹かれて」は、一連で「何回弾丸の雨がふったなら／武器は永遠に禁止されるのか？」と「戦争」を批判している。そして二連の歌詞は、

何度見上げたら
青い空が見えるのか？
いくつの耳をつけたら為政者は
民衆のさけびがきこえるのか？
何人死んだら　わかるのか
あまりにも多く死にすぎたと？
そのこたえは、友だちよ、風に舞っている
こたえは風に舞っている

（片桐ユズル・中山容訳、晶文社刊
一九七四年三月三十日初版）

ボブ・ディランは、「何人死んだら　わかるのか／あまりにも多く死にすぎたと？」と「死」を、繰り返し歌う。三連は省略する。

詩人のアーサー・ビナードは、「世に迎合せず、同時に万人に向けて大事なことを発する。そんな綱渡りが、ディランの詩人らしさ。」と言っている。そして、「『詩人』が目指す表現は、五〇年後、一〇〇年後の人々が読んで『なるほどそこに本質があったのか』と納得するものです。さらにその言葉が万人に届くのが理想です。現

代の万人にも未来の万人にも。」（「蝶と風と、壁と」朝日新聞、二〇一六年十二月二十三日）。見出しにあるように、ビナードさんは、時代を刺激するような「迎合せず突き刺さる言葉」を詩の表現に求めている。私は、このことに同感している。そして、その詩作方法として、リアリズムの深化を、改めて追究すべきだと考えている。

そこで、一つの課題として芸術における典型創造を挙げたい。今日の「荒地」的状況は、益々「本質」が捉え難い状況下にある。資本主義社会の矛盾が広がり、深まる世界の現実は、無数のかけらのように粉々になって壊れていく。よほどしっかりした認識能力が伴わないと、その本質が理解出来ないだろう。従って、詩的創作は、より一層の理知的な作業が伴うのである。

典型がどう創造されるのかという主題は、リアリズムの深化という課題において深められるべきことだと思うが、これについて、実践はかなり困難を伴うので、その手掛かりとして、一冊の本、北条元一著『芸術とは何か』（本の泉社刊）を挙げておきたい。

こたえは、時代の風のなかにあるかも知れない。

詩誌「ＰＯ」165号、二〇一七年夏

解説

『原圭治自選詩集』

市川宏三

貴詩集『原圭治自選詩集』ありがとうございました。最初の「口のなかの旗」を読んだ時、なつかしさで一杯になりました。それは作品に対してのなつかしさではなくて、作品が持っている、青春性でした。能動的で、初の社会的矛盾にぶつかった折の恐れを知らない自覚の宣言が一直線に提出されていました。

私が青春時代に読んで忘れられない作品の一つに芥川龍之介の「トロッコ」という短編があります。大正一二年に発表されたこの作品は、第一次世界大戦後の好景気に支えられて、各地で開発が進められ、トロッコが登場してきた時代なんでしょう。少年はトロッコに魅せられ、押すだけでもいいから触ってみたいという誘惑にかられます。結末は、トロッコの最終点で日が暮れ、家路へたどる少年の不安が描かれていました。

それから恐らく二〇数年を経て、もうトロッコは魅惑の対象から外れ、労働手段の一つとして、トロッコを押す場を借りて、三人の共同の力がいかに強力なものになるかを提示していました。トロッコを押すという労働の姿だけでなく、仲間の共同作業が社会をも動かしていくという信頼感が潜んでいるように思いました。

そんな集団意識と同時に、「黒い鳥」に示されているような、得体の知れない、捉えがたいものが、青年の前にはあったことを思い出しました。

次の「朽ちる家」も青年らしい想像力の飛躍を思わずにはいられません。巨大なコンビナート群を、「おれ」たちは白蟻になって食い荒らしていく。カフカを連想させるような予言的仮想の世界。しかも断定調に言い切る、結びの何と青二才であることか。なつかしい。その一言に尽きます。

ふしあわせだからこそ飛ぶ、という「飛ぶ鳥」。進化論の突然変異を思わずにはいられません。苛酷な自然にあっては、永遠の適者は存在せず、ふしあわせな条件こそが、ランダムではあるけれど、適者生存の新たな道にたどりつける条件になるだろうと思われますので。この逆説的真理は、いかにも若者らしい歌いぶりでした。

本来の人間的な遊びを壊す者がいるという「公園」。記憶喪失なる敵の囲い込みを破って、夜の公園から真昼間へとたたかいを挑もうと宣言する。荒っぽい不恰好な宣言ですが、若者特有の口吻があって引かれます。

調子のいいのは「口のなかの旗」。かつての小熊秀雄を思わせるような口調で、ほんねの所を存分にしゃべるのが魅力。にせ物、俗物を散々にこき下ろす痛快さと引換えに、孤高の気概がさみしさもただよわせています。

『歴史の本』は、前著のように一直線ではなくなりましたね。「ギャンブラー」にみられるように〈賭けたものと賭けられたものは、もはや区別がつかなくなって〉いって、輻輳し、人間の解剖に向かっています。競馬のスピードを巧く利用して描いてありました。

「尾行するものは」も、より巧妙な尾行の本質に迫ってきて、その自問自答が、いかにも闇の性質を現わしています。

「天空の柩」は、全編（これからのもの）に共通するものが初見できたものになっています。たとえば〇・一ｐｐｍとか一日千トンとか、数値が出てきましたから。方法の変化がみられる点で注目してよいでしょう。これまでの暗示とか勇ましい断定に代わって、実証と分析に、つまり学者・記者風なスタイルになっていく一つのポイントになっていました。それは次の「白鷺の墓」でも同じで、象徴的な生のしるし、鷺に詩的イメージを託してありますが、巨視的というか俯瞰のダイナミックな舞台に次々と数値は出てきます。もう青年の面影はうすれ、経験を積んだアジテーターの登場といったところでしょうか。

そうは言っても、前詩集の延長も残っていました。「消えた夏」「乾いた島」に。とくに「太鼓を打て」は、とても勇ましいものでした。迷いなど微塵もない正攻法で、若さにあふれています。

「歴史の本」は題名に恥じない雄弁で、堂々とした骨格を持っていました。大人の風格がにじみ、かつての破れかぶれの威勢が勝負という面は、すっかり姿を消しましたね。

こうして見て参りますと、この後の詩集作品群は、おおよそ、この二つの詩集に源流があることが分かりました。資料にもとづいた精巧な描写と理づめの詩方法に独特のものがあり、また絵画が巧みに挿入されているのは、やはり専門の力量がにじんだものと解しました。

後記の略伝は、詩の運動についての理解を助けるものになるでしょう。「柵」の志賀英夫さんの仕事とはまた違った面で、大阪を中心としたうごきが分かりました。分裂していた大阪の運動もあなたのような人がおられるために、一つのまとまりが出来ていると私は思っています。

詩誌「PO」128号、二〇〇八年春

ゆたかな水が生む平和な世界

―原圭治詩集『水の世紀』を読んで―

市川宏三

孫たちは　GAME BOY に夢中です
二人が覗き込む小さな画面で始まった
味方のパーティーがポイントを獲得してレベルアップし
悪の大魔王を倒す冒険に　すっかり心が吸い取られて

詩集『水の世紀』の始めのほうに収録されている作品「冒険のしかた」の一連目が右の四行である。原さんの日常に電子が入り込んでいる情景がわかるだけでなく、この詩集の核を占める《水の世紀》にくくられた九作の作品のありようの源流として察しられる。

私が知っている原さんの詩は平明で親しみ深い叙情詩であった。

ところが今度、『水の世紀』を読んで始めのうちは少しまごついた。元々グローバルな物の見方はあったけれども、それが電子時代によってもたらされる情報の集積と相まって膨大な負の事件簿を築くからだ。

広島の被爆者が末期の水を乞う声から始まって、時と国境を越えた川となって流れていく状況を描いた「夏のみず」。《人びとは憎悪を流すこともできなく／みずも飲めない飢死の／喉(のど)の乾きで　息絶える夏がきて》と争いの末路を警告する。

一把のほうれん草を煮立つ、ありふれた日常から思いを馳せて、思索の飛躍を地球の形成史に結びつけていく。何とこの地下にある下部マントルにも含みみずが抱かれているのだ。牛肉一キロにも重さの二万倍の水が詰まっている勘定になる。輸入大国日本の無自覚があってよいものかと「含みみず」は問いかけを発している。

世界中、どこもが急ぎ足になり、頭には経済上昇しか浮かんでいない。過密放牧で草原は砂漠化に進み、過度な揚水農作がもとで地下水が枯れ、土地は塩化されてしまう。長年の農業経験を無視した巨大ダム建設が、どんなに土地を荒らす元凶になるか。文明化を過信したツケは払わねばならない。「枯れみず」はそれを問うている。

温暖化にともなって次々と氷河が崩れていく。緑に包まれた大地が一ミリ刻みに上昇する水に浸されていき、陸という陸はゆるやかな津波にのみ込まれてしまう。その危機を描いたのが「凍りみず」。

古代文明を築いたとされる大陸のデルタもいまは安らかではない。何万年もかかって培われた自然遺産を商品にして売り払ってしまう愚行に戒めの一石を投じた「溢れみず」。

田植えの前後、列島は幾百万枚の「水鏡」のつらなりとなる。この小さなダムの集積は日本のダム貯水量の二倍、三百億トン余りの貯水量となり、田んぼの生き物を養う。この宝物を農薬で殺してしまっていいのか。稲穂に宿る稲魂を祭り、そこから大空へさしてコウノトリを羽ばたかせることこそ、日本農業と農民が誇る「水鏡」

の務めではないか。

「みず祭り」「虹蛇」で、水の世紀はしめくくられる。ここではすべての虹から青緑（あお）色の虹蛇が抜け出しているのではないかと危惧するのだ。

　もう六十年前の事になるが、忘れがたい虹の思い出がある。汽車の本数も少なかったし、山村にはバスも通っていなかった。一番の下り列車に乗って、あてのない山歩きに出かけた。そこは七百メートル辺りに高原の広がる山で駅から歩いて三時間ばかりで着くと目算していた。二時間ほど歩くと谷が狭まり道も大きく蛇行を重ね、そのたびに行く手の視界は遮られてしまう。

　山腹をめぐって行くと、さっと視界が開けた。朝日が向かいの山を射している。およそ数十メートルに及ぶ高さで千枚田が段を重ねていて、段ごとに上へ上へと水車が水を運んでいく。水車の列は区画ごとに据えられていたから、おびただしい数であった。水車に汲み上げられた水が砕け散って七色の水晶体が輝く。その背後に光をあつめた虹が淡い橋を架けていた。私はしばらくその光景に魂を奪われ見入っていたのである。

　十数年後、その山を訪れたが、水車は一基もなかった。杉林がひっそりと立っていた。杉山ブームが水車を追い、そのブームも消えて久しい。似たような宝物がどれほど多く消えたことだろう。だからこそ、『水の世紀』が出現したのだ。

〈あとがき〉で原さんは八十歳になる、と書いていた。水の活力を社会進歩の方向にそわせたいと思う根底には、昨年の東日本大震災による大津波、さらに東電福島第一原子力発電所における放射能もれ事故があるからだ。お互い時間は残り少ないが、こつこつと歩んでいくことにしよう。

「柵」305号、二〇一二年五月

水の詩人、原圭治さんの宇宙
——新詩集『水の世紀』他をめぐって

長居　煎

原圭治さんの詩は、閉じることがない。連の終わりはほとんど接続助詞か疑問詞で、終連の結びも、あとは読み手に委ねますとばかりに、あえて未完のままに擱いて、次に続くことばを待ち続ける風情だ。

さまざまな資料を読み込み、個人の経験を超えるマクロの動きを、想像力によって縦横に結びつけながら体感していくという原さんの作法は、どの詩集でも瑞々しく生きている。寄せては返す波のように、高まり静まる波濤のように、呼び覚まされるイメージをどんどん拡げ、取り込みながら、波のようにやはり最後まで止むことがない。

和歌山県に生まれ育ち、お父さんの転勤に従って、紀ノ川や南部川の川辺や海辺の町を転々としてきた原さんにとって、「水」は特別に親しく、泳ぎや漁などさまざまな経験を通して体得されてきたものなのだろう。戦後まもない新制高校の解放感の中で詩作を始めたという原さんは、和歌山大学に進んでいくつもの文学サークルで揉まれ、小学校の先生として就職した大阪の堺市でも、「大阪詩人会議」の発足に関わったりしながら、広く、詩の運動を続けてこられた。

泉州、堺というこの魅力に満ちた大都市もまた、古代の陵墓や町人たちの自治を誇った湊町だったわけだが、美しく豊かだった一帯の海岸は、戦後の乱開発で、次々にコンビナートや高速道路が煤煙を上げる痛ましい姿に変えられてしまった。生命を育む「水」がさまざまな化学物質で汚染されてしまった。その頃から二十年あまりの作品をまとめたという三冊目の詩集、『火送り　水送り』（一九九四年、詩人会議出版）はそんな痛恨の思いで溢れている。集中から「積もる」の三連目を引用してみたい。

おれたちの海は埋めたてられ

切り紙のように切り取られた海にまで
汚泥が　層に積もる
驚いたおれたちがお願いに行くと
〔なんとかいたします
　再選ののちには
　政治手腕を発揮させてもらいましょう〕
だが　次の四年にまた一メートル
おまけに底の方からぶつぶつと
メタンガスまでふき出して
街中に悪臭がたちこめはじめた

この後、さらに市長に抗議して、一切の公害に反対する宣言をして……、と詩は続くが、原さん御自身も、この経緯もあってか、中学校の美術の先生から、堺市の市議会議員に転進して、暮らしや安全を守るために奮闘されてきたそうだ。

続く第四詩集『海へ　抒情』（二〇〇一年、詩画工房）は、全編、海がテーマ。「海の眼」、「海の耳」といった肉感的な詩が並ぶ。中から「海の舌は」の一連目を引く。

沢山の舌を持った日常の海は生きていて
塩っぱい湾奥まで舐めにくる海の舌は
ベロ出しチョンマの口から突き出したような
舌の残した懐かしい味覚が蘇り
取れ取れの鰯のつみれか
おろししょうがをのせたにぎりの新鮮さの
忘れ難い味覚の想い出しは過去へとさかのぼって
ひとに何かを呼び覚まさせていくものだから
海を殺すわけにいかないと

この後は、やはり変わり果てた海岸を嘆き、「まともな塩味が判るまでは／人間の舌に　名料理人のような修業をつませようか」と終わる。人工の刺激的な味が大手を振ってきた現代への根源的な批判が、味覚の神秘のように繊細に滾ってくる。

第五詩集『地の蛍』（二〇〇三年、編集工房ノア）にも、原爆によるヒロシマの死者たちの末期の水に思いを馳せた表題作をはじめ、水のイメージが迸っている。ここ

からも一篇、キトラ古墳の星宿図から厠を想う「星宿の厠まで」の五連目を引くと、

自然を食べた消化の作用は
咀嚼（そしゃく）された口から　筋肉の伸縮で食道を通り
淵に溜まる水塊のように
蠕動（ぜんどう）運動に混ぜられて胃におさまり
十二指腸から空腸　回腸など　管のくびれの
分節運動で下のほうに移動させて
砕かれた岩や土砂を運ぶ川の蛇行のように
盲腸や結腸　さらに直腸を通り
消化できなかったものを肛門から排出するが
海に消える河口のようでなく
たくさんの器官を通過しては
消化と吸収でエネルギーとなるから
川は　肉体そのものとなって

とあり、生態系と人体の相似についての考察を深めながら、皆つながっているのだからこそ、排出異物を嫌悪してはいけないと声を高くしている。

さて駆け足で近年の詩集を振り返ったところで、新詩集『水の世紀』（二〇一一年、土曜美術社出版販売）に向き合おう。

まずは青く輝く地球の円弧が静謐に息づく表紙が、瑞々しく美しく、予感の漣が走る。宇宙から見た地球のこんな荘厳な美しさを人々が知り得たのも、たかだか半世紀前からにすぎないのだが、地球が何よりも水の星であること、他の星と比べてみても奇跡のように恵まれていることに、あらためて感動し感謝しないではいられない。そんな残像を抱きながら頁をめくっていくと、やはり壮大かつ精細な水のうねりが全編に脈打っている。

釣りにでかけた彫刻家が干上がったダムの底に下りる「凹んだところに　なにが？」では、見慣れた景色がまるで違って見えて、そこから日本海の海水がなくなったらと空想を拡げていく。

想像の凹みは　隠していた海の実相が見えてきて
ひょっとして　解体され　胴を輪切りにされた

原子力潜水艦の残骸があちこちに
行方不明の不審船が幾つもあったり
難破した北前船が思わず見つかったりして
亡霊のような物体が姿をさらけ出してこないか

七連目を引いた。見えない凹みがそこかしこに潜んでいるという発見には、日々の凸凹感を覆すほどの衝撃がある。

浜辺に流れ着く大量の漂着ごみの描写からはじまる「漂流続けて」では、三連目で、

都会の海深く沈んだ　築数十年の共同アパートでも
戸籍の分からぬ五十代男の　遺体の周りに
他人の海を漂流してきた　暮らしの残片が散乱して
酒の空き瓶　たばこの吸殻　汚れた肌着　靴下
ちゃぶ台には　お箸(はし)　食べかけの茶碗　みそ汁
食べ物のごみはそのまま残っていて

と、近年頓に増えた孤独死が連想される。終連は一転、故郷の奄美大島に戻って流木を燃料にして塩作りを始めた人々への共感が、「結晶」のイメージで高鳴っていく。

さてところで、「水の世紀」とはいったい何だろう。中東やアフリカなどでの急速な砂漠化や、そこに結びついた紛争、温暖化による海水面の上昇や異常気象、富の偏在による水資源の収奪などの問題が迫っているということが第一義だろうが、その解決手段にも、水のような透明さやしなやかさが求められているということ、熱くなりすぎた世界を冷ますような冷静で思慮深い判断や、芸術的な深みが求められているということでもあるだろう。植民地をめぐる戦争が二度の世界大戦の後にまで続き、資本主義がモンスター化してバブルとその崩壊をくりかえした「金の世紀」でもあった前世紀の轍を踏まないようにとの願いも、このタイトルには込められているようだ。

詩集の後半は、「夏のみず」、「含みみず」、「枯れみず」、

「凍りみず」、「溢れみず」、「水鏡」、「みず祭り」、「虹蛇」、「そらのオシッコ」と、表題に続けて「―水の世紀」と副題のついた九篇の連作で締めくくられている。
　ほうれん草のおひたしの美味しさをつくるたっぷりの水から書き起こされる「含みみず」は、この命名の絶妙さによっても水際立った印象が残る。

しかし　牛丼一杯分が
ペットボトル一千本分の水二トンを輸入しているな
　どとは
日常の暮らしでは　考えもおよばないものだから
牛肉は　肉の重さの約二万倍の水を使用すること
　で
人間が食べられるようになると計算されていて
ハンバーガー一個では仮想水（バーチャルウォーター）は一千リットルで
食糧輸入大国の日本は　年間
琵琶湖の水量の約二倍強もの六百四十億立方メートルの
　仮想水を
海外で　大量消費していることには気付いていな
　いから

　四連目を引用したが、この前後に、人間の体の中の水や、海のプレートやマントルに含まれる水まで考察し、かつて海があったことが分かった火星の水の含まれ先など想う大きな構成によって、新しい知見と刺激に満ちた原さんならではの傑作に仕上がっている。
　専門用語や数字も多く、多分に知的な詩は、とかく読みにくくなりがちだが、原さんの詩では、書き手の驚きや探究心の波打ちが、大きなリズムを持って読み手の襞に入り込んでくる。ユリイカの波濤がずんずんと岩棚に反響する。スケールの大きさと、その振幅に、ときに圧倒される思いがする。

宇宙の衛星から
地球の水鏡は　キラキラキラと映えてみえるか
水面十センチの底に
絶滅危惧種の生物たちが　鈍色（にびいろ）に沈んでも
かつて

田畑を耕す鍬の柄の　差し込む穴を口にして
酔面のように赤く塗った木の面をつけた人びとが
収穫の歓喜で　田の畦(あぜ)を踊り狂っていたのに
世界一
大量に散布される農薬や化学肥料の蓄積が
人びとに呪術をかけたのか
この地上に　大絶滅時代を迎えようとしているが

　一連目を引用したこの「水鏡」も、鳥瞰から虫瞰、古代から近現代の変貌まで、視点が自在に流れていく。さまざまな虫や魚や水鳥と共生してきた往年の水田の連なりを偲び、アメリカの「コメ自由化」の圧力とも戦いながらの、「多様な生き物たちが復活する農法で」の「水田再生の願い」を言挙げしている。「水鏡」のイメージの鮮やかさと深さによって、そこに写る諸々への見直しや反省によって、「絶滅」に至る道行きを回避しようという訴えは、痛みを共有する多くの人の共鳴を呼ぶだろう。
　掉尾を飾る「そらのオシッコ」の書き出しはこうだ。

宇宙で　オシッコはどのようにするのだろうか
疑問が浮かんだのは
昔　子どもの頃　道端に並んでツレションをして
誰が一番遠くまで飛ばせたかを自慢しあった時の
あの快感を想い出したからだが
宇宙の果てで　オシッコを勢いよく飛ばせたらと
空想してみたから

　この躍動感のある一連目に続けては、実際にはホースで吸引するというオシッコのしかたから、それをリサイクルして使う宇宙船での生活の様子が描かれ、その稀少価値とは対照的に、地上に溢れる水の豊かさが、ヨーロッパの噴水や日本の名水を列挙しながら思い起こされ、

宇宙では　若田光一さんは「とてもおいしい」と
小さなコップ一杯　二十万円にもついた
おしっこ還元水で　乾杯をしてみせてくれたが
宇宙船の窓の外に浮かんで見える

と、輝かしくも遥かな映像を残して終連が結ばれている。砂漠の中のオアシスのように、他の何ものにも代えがたい水、二十万どころかいくらお金を積まれてもこちらを選ぶほかない極限状態での水、すべての生命を支えている奇跡そのもののような水を、あらためて味わい、感謝せずにはいられない。そんな神秘の余韻が残る。

さて、読後にまたタイトルに戻ると、「水の世紀」と大きく打ち上げたことで、空間的にも時間的にも遥かな広がりを持て、まだ始まったばかりの今世紀を意味づけ、鼓舞し、善導したい作者の願いが、よく響いてくる。

砂漠化や飢餓や極地の氷解など「水の世紀」の諸問題も、生命に直結する水の生理のようにやわらかく透明に解決していくほかなく、何よりもその清らかなイメージこそが道を開いていくだろうことが、ひたひたと、ひたひたと波のように打ち続けてくる。

ところで、原爆によるヒロシマの惨禍や、チェルノブイリ後のヨーロッパ各地の汚染、隠されてきた日本の原発事故を告発する詩なども多く発表してきた原さんにとって、今回の福島第一原発の苛酷事故は、恐れが現実になってしまった格別の思いがあるだろう。雲になり、雨になって降りそそいだ放射能や、川に入り、海に流されてきた放射能に、はらわたが千切れるような思いをされたことだろう。

収められた詩はどれも震災前に書かれたもののようで、三・一一を思わせるものはないのだが、あとがきにはきっぱりとした言及がある。最後に、その後半部も引用させていただきたい。

「みず」は、すべての生成と消滅を、矛盾として持っていると考えることもできる。しかし、このように対立する矛盾も、「平和」と「戦争（暴力）」勢力の対立を、「平和」を希求する人類のたたかいによって克服する可能性を持っているように、社会進歩の方向へ発展させながら、今回の、未曽有の大事故を乗り越えていきたいと願っている。（以下略）

震災後一年が経っても、放射性物質の流出も止まず、除染も進まず、事故の責任者たちが居直っている現実は信じがたいほどで、こんな人類史的な暴挙とは、世界中の良心と一緒にやはりたたかっていくしかない。

水のように透明に、水のように素直に、水のように溢れながら、たたかっていけたら、と評者も強く願う。

＊

さて、ここまで稿を進めてきて、あらためて、この詩集が「予言の書」として、今後ますます輝きを増していくだろう予感がしてきた。

大洪水や大津波が現に続いているというだけではない。紛争や格差や貧困を解決する原理としても、「水」の思想が広がっていく予感。浄め、冷まし、鎮め、溶かす、「水」の生理が痛切に求められてくる予感だ。

中国の「陰陽五行説」の「相生」概念を世紀に当てはめれば、「水の世紀」の前にはやはり狂乱の「金」の二十世紀があり、その前の十九世紀は「土」、十八世紀は「火」、十七世紀が「木」で、十六世紀が前回の「水の世紀」だったことになる。大航海時代で未知の世界が混じり合った十六世紀、そこで得た富も活かして西欧や中国、日本で安定した政権や文化が生まれ伸びた十七世紀、啓蒙思想や産業革命、アメリカ独立革命とフランス革命に沸いた十八世紀、産業革命が各国に波及し、文学・音楽・絵画など大芸術家が輩出した十九世紀、こうした大まかな流れを見ると、その中心の原理に「水」→「木」→「火」→「土」→「金」→「水」の変遷があったと言えなくもなさそうだ。

五百年前の「水の世紀」は、ルターやカルヴァン、王陽明ら改革者が活躍した時代でもあり、その前の「水の世紀」である十一世紀には、ヴァイキングや十字軍が大船隊をくりだしていた。その五百年前の「水の世紀」には、ゲルマン民族の大移動や隋の中国統一があり、日本にもようやく仏教など大陸の進んだ文物が入ってくる。

さらにその前の「水の世紀」は、イエス・キリストが十字架に架けられ、西暦が始まった画期なわけであり、その五世紀前の「水の世紀」は、釈迦や、孔子、墨子、ソクラテスらが活躍した思想史上の黄金時代でもあった。

「五行」や「西暦」にそれほど拘る必要はなく、少々、脱線してしまったかもしれないが、「水の世紀」のイメージには、少なくともそれだけの広がりと奥行きがある。

平和と、飢餓の克服を願う原さんの願いは、九十九パーセントの庶民の願いでもある。潤し、沁み込み、つながっていく「水」の思想が、この世紀を実り豊かな画期にしてくれるよう、評者もまた願わずにはいられない。

「詩と思想」二〇一二年九月号

原　圭治年譜

一九三二年（昭和七）　当歳
　和歌山県海草郡中之島二〇五番地（現和歌山市）で、七月一三日、父七郎、母愛子（旧姓雑賀）の長男（本名、努）として出生。父は警察官であった。物心ついた幼い記憶の始まりは、和歌山県日高郡南部川高城村の山峡の駐在所の頃で、四歳頃だった。

一九三七年（昭和一二）　五歳
　父の転勤で、南部川下流の上南部駐在所に転居。この辺りは南部梅林として梅干しの産地で有名。

一九三九年（昭和一四）　七歳
　再び、父の転勤で、海辺の南部町に転居。四月、南部小学校入学。以来、小学校を五回転校する。

一九四五年（昭和二〇）　一三歳
　四月、和歌山県立海南旧制中学校入学。敗戦の間際、町は空襲を受ける。これが私の戦争体験となる。広島・長崎に「新型爆弾」投下の噂を聞き、間もなく敗戦。その時の解放感は、忘れられない。

一九四七年（昭和二二）　一五歳
　この年、昭和天皇は海南市の日東紡績工場に訪れ、物珍しさもあって、工場の塀に登って沢山の人々と一緒に見物した。進駐軍のMPが護衛していた。天皇についての私の戦後的認識の原点的な記憶として残っている。

一九四八年（昭和二三）　一六歳
　四月、男女共学の新制高校一年生となる。
　二年生の時、校内文芸誌「海南」に、詩を書き始め「晩夏」「夕月」「嵐」の三編を投稿する。

一九五〇年（昭和二五）　一八歳
　六月、朝鮮戦争始まる。
　私は、生物部に入って、昆虫採集に夢中になる。
　文芸部を創立、雑誌「海南文芸」を創刊。ガリ版刷り詩集『ＥＲＥＮＡ』を刊行する。

一九五一年（昭和二六）　一九歳
　大学に進学せず、地元の捺染工場に就職、日給は一

○五円。ノートに詩を書き続ける。肉体が疲労して九月に工場を退職、失業保険の生活となる。

一九五三年（昭和二八）　二一歳

和歌山大学学芸部に、かろうじて合格する。たまたま失業中に書いた短編小説を、文芸誌「南風」に投稿する。そこで詩を書いていた林武に会い、ガリ版刷りで詩誌「日本海流」を創刊。秋の大学祭に、詩人の岩本敏男を招く。詩人乾武俊の「Q」と交流。

一九五四年（昭和二九）　二二歳

「日本海流」を「むぎ笛」と改題、一〇〇〇部発行。

一九五五年（昭和三〇）　二三歳

小野十三郎を招き、文学祭を行う。

一九五六年（昭和三一）　二四歳

機械詩集の詩人、田木繁を招き、現代詩座談会を開催。アンソロジィ『紀の川平野で』を刊行する。

一九五七年（昭和三二）　二五歳

「和歌山詩話会」を結成、詩誌「詩と三〇円」刊行。その後「牙」を創刊。乾武俊の誘いで、大阪の「現代詩」の会合に出席する。報告者、井上俊夫で木場康治、金時鐘などに初めて会う。

一九五八年（昭和三三）　二六歳

和歌山・丸正百貨店で、詩誌「現実」と絵画集団「Ａ５５集団」と共催で、詩画展を開く。私は、横書きの詩「朽ちる家」を出品する。

大阪の現代詩研究会は梅田郵政会館に会場を移す。八月に和歌山で現代詩講演会を開き、乾武俊、金時鐘、港野喜代子、富岡多恵子を講師に招く。

秋に、私と林武は、横書きの二人詩集『口のなかの旗』を刊行する。勤評闘争激しく、青年部で活動する。

一九五九年（昭和三四）　二七歳

六月に、山川智恵子と結婚、堺市に居住する。

一九六〇年（昭和三五）　二八歳

三月、長女もゆる誕生。

安保闘争の年、和歌山では、「牙」「眼」「走れメロス」など詩誌の詩人たちで、「安保と文学」の座談会を開催する。

一九六三年（昭和三八）　三一歳

前年に設立された「詩人会議」会員となる。

一九六四年（昭和三九）　三二歳
市川清、原圭治、広田仁吉、伴野徳蔵の呼び掛けで「大阪詩人会議」結成、詩誌「よどがわ」発行。一二月、長男いずみ誕生。
一九六五年（昭和四〇）　三三歳
関西詩人会議グループ連絡協議会主催で「はたらくものの詩祭」開催、講演、壺井繁治、小野十三郎、浅尾忠男、門倉訣。以後四回、毎年開催する。「民文協」文学講座で詩の講義をする。
一九六七年（昭和四二）　三五歳
大阪詩人会議は、北河内、大阪市内、堺、泉州の四地域に分かれる。
一九六八年（昭和四三）　三六歳
詩誌「よどがわ」を「大阪詩人会議」に改題、編集にあたる。私は、ポケット叢書・詩集『太鼓を打て』を自家版で出す。
一九七一年（昭和四六）　三九歳
詩人会議詩集『われらの地平』に詩「消えた夏」を掲載する。
一九七二年（昭和四七）　四〇歳
第二詩集『歴史の本』を出版する。
一九七四年（昭和四九）　四二歳
堺市市会議員に立候補、小野十三郎に推薦文を頂く。
一九七五年（昭和五〇）　四三歳
市会議員に、初当選。以来、三期一二年議員活動を続ける。この間は全く、詩運動は出来なかった。
一九八七年（昭和六二）　五五歳
市会議員の任期を終える。市民交流で、アメリカのバークレー市を平和の旅で訪れ、初めての海外旅行となる。
一九八八年（昭和六三）　五六歳
再び、詩を書くために、詩人会議に再入会する。八月に、妻と共に、ソビエト連邦・バイカル湖、モスクワ、レニングラードに旅行。以後、海外旅行はヨーロッパ諸国、カナダ、トルコ、エジプト、メキシコ、オーストラリア、チュニジア、アメリカ、ニュージーランド、アラスカ、中国、韓国、台湾など、四二回、四五カ国を旅した。

反戦反核詩歌句集第六集『地球被爆』に詩「紛失物」を掲載する。

一〇月に、岡山で開催された詩人会議・西日本研究交流集会に、久し振りに参加する。

一九八九年（昭和六四・平成一）　五七歳

一九七五年頃から、大阪に「大阪詩人会議」と「詩人会議大阪」という二つのグループが存在していた。その後、私の方で努力して「おおさか詩人会議連絡会」として合同するようにした。

「詩人会議」にエッセイ「テーマをなくした現代詩」を書く。一七回総会で、運営委員に選出される。反戦反核詩歌句集第七集に、「地の棺は」掲載。

以後、各集に、作品を掲載することになった。

一九九一年（平成三）　五九歳

日本現代詩人会・京都詩祭が、相国寺で開催され、参加する。小海永二、石川逸子、冬園節、清水恵子、有馬敲、白川淑などに初めて会う。

生活と文学の会主催、永瀬清子が講演。永瀬清子を紹介される。他に、吉原幸子、杉山平一、高橋徹。

一九九二年（平成四）　六〇歳

生活と文学の会主催、永瀬清子、新川和江が講演。新川和江を紹介される。

詩人会議三〇周年に参加。上林猷夫に初めて会う。

一九九三年（平成五）　六一歳

詩人会議に、犬塚昭夫『断腸文庫』小論を書く。

一九九四年（平成六）　六二歳

第三詩集『火送り　水送り』を詩人会議出版より刊行する。

福中都生子の推薦で、日本現代詩歌文学館振興会評議員となる。

関西詩人協会設立。二年前から設立準備の呼び掛け人となる。

一九九五年（平成七）　六三歳

一月、阪神淡路大震災起こる。

日本現代詩人会会員となる。推薦、日高てる、丸地守。

潮流出版社の『戦後五〇年詩選』に詩「想像の箱で」

を掲載する。

『関西詩人協会自選詩集』に詩「イーストギャラリー」を掲載する。

一九九六年（平成八）　六四歳
　現代詩人会西日本ゼミが奈良で開催、参加する。

鎗田清太郎会長挨拶、杉山平一講演。

　詩人会議全国運営委員会を大阪で開催、協力する。

　日本詩人クラブ関西大会参加。石原武会長挨拶、杉山平一講演、阪神大災害の詩人たちの詩朗読。

　大阪詩人会議が総会を開き、規約と新運営委員を決め、運営委員長となる。

　一〇月に、小野十三郎が逝去。通夜に、瀬野とし と弔問、寺島珠雄、三井葉子、上林猷夫、杉山平一も。

一九九七年（平成九）　六五歳
　杉山平一全詩集出版記念会が、新阪急ホテルで開催され、参加する。各界から二五〇余名。

　日本現代詩人会西日本ゼミナールに参加。奈良文化会館。理事は、青木はるみ。

　田木繁を偲ぶ『残照』出版記念会に出席。

　奈良で開かれた「歴程」夏のセミナーに参加。基調講演、辻井喬と宗左近、粟津則雄、入沢康夫、高橋順子などの詩人に初めて会う。

　堺で、詩人会議・近畿ブロック交流の集いを企画。講演、浅尾忠男「小野十三郎について」。

一九九八年（平成一〇）　六六歳
　日本詩人クラブの会員となる。推薦は中原道夫、志賀英夫。

　日本現代詩人会西日本ゼミ・広島に参加。長谷川龍生、菊田守など、実に多くの詩人に出会えた。

　日本詩人クラブ関西大会でも、筧槇二、寺田弘、北岡善寿、丸地守など、現代詩人会とまた違った多くの詩人に初めて会う。

　日高てるによって奈良で「歴程」開催、基調講演は、入沢康夫、他に朝倉勇、財部鳥子、野村喜和夫などの詩人に初めて会う。

一九九九年（平成一一）　六七歳
　安水稔和全詩集出版記念会に出席する。
　日本詩人クラブ丸亀大会に参加。日本現代詩人会日本ゼミ・神戸風月堂に参加。宗左近、小林武男、安水稔和など多くの詩人たちに会えたが、以来、それぞれの詩人と交流が広がる。第一回小野十三郎賞贈呈式。久し振りに「ジンダレ」の鄭仁に再会する。

二〇〇〇年（平成一二）　六八歳

日本詩人クラブ五〇周年記念関西大会、役員で今回お会いしたのは、小川英晴、石原武、新延拳、李承淳、田中真由美、原田道子などの詩人である。

日本現代詩人会五〇周年・日本の詩祭　二〇〇〇大阪も開催、峠三吉の詩を群読する。

二〇〇一年（平成一三）　六九歳

福中都生子の発案で「現代詩・平和賞」を始める。第二回小野十三郎賞授賞式に出席。以来、毎回参加。選考委員となる。福中都生子の健康悪化により六回で終わることになった。

二〇〇二年（平成一四）　七〇歳

第四詩集『海へ　抒情』を出版する。

会員だった「戦争に反対する詩人の会」解散。

福中都生子が日本現代詩人会理事となる。以来、大阪、和歌山、徳島、金沢の四カ所開催に協力する。詩人会議創立四〇周年記念祝賀会に参加する。

二〇〇三年（平成一五）　七一歳

第五詩集『地の蛍』を出版する。この詩集が、第三七回小熊秀雄賞にノミネートされる。

日本現代詩人会・日本の詩祭に初めて参加する。

京都文学館シンポジウム、妙心寺で開催、参加。

二〇〇四年（平成一六）　七二歳

反戦反核詩歌句集第一九集『いまこそ花を』出版記念会、反戦反核平和を願う文学の会代表となる。

朝日新聞夕刊に、イラク戦争をテーマにした詩「季節はずれの」が掲載される。

壺井繁治賞と詩人会議五〇〇号記念レセプションに出席、来賓の磯村英樹、嶋岡晨、甲田四郎に会う。

日本詩人クラブ「詩界」に大阪の現代詩状況を書く。

「九条の会詩人の輪」が結成、参加する。

関西詩人協会創立一〇周年記念会を開催、記念講演、伊藤桂一、一〇周年記念誌発行の編集を手伝う。

二〇〇五年（平成一七）　七三歳

日本現代詩人会西日本ゼミ・鹿児島と、日本詩人クラブ宮崎大会に参加、九州、沖縄の詩人たちに初めて会える。

二〇〇六年（平成一八）　七四歳

日本現代詩人会西日本ゼミ・大垣に参加、講演、新川和江、会長の安藤元雄、こたきこなみ、宮本むつみ、菊田守らと、大垣で一軒の「田楽」店で、会食を共にする。

秋田と岩手を、妻と旅して、評議員をしている日本現代詩歌文学館に立ち寄る。

二〇〇七年（平成一九）　七五歳

日本現代詩人会・沖縄大会で、花田英三、進一男、宮城隆尋、岸本マチ子などの詩人に会う。

銀河詩のいえで、吉増剛造を囲む会に参加する。

五冊めの『原圭治自選詩集』を出版する。

日本現代詩人会西日本ゼミ・広島に参加する。

田木繁の集いに参加、針生一郎に初めて会う。

二〇〇八年（平成二〇）　七六歳

福中都生子死去、葬儀に参列する。

三好達治賞で、選者の中村稔に初めて会う。

詩人会議全国運営委員会で、無言館を訪れ、窪島誠一郎の話を聞く。

日本現代詩人会西日本ゼミ・神戸で、私を含め八名で詩を朗読する。伊藤桂一、住吉千代美夫妻、麻生直子、小柳玲子に会う。

二〇〇九年（平成二一）　七七歳

西日本ゼミ・福岡で、伊藤比呂美、韓成禮（ハン・ソレ）、八木忠栄などに会う。

大阪詩人会議設立の一人であった市川清が逝去する。

二〇一〇年（平成二二）　七八歳

三好達治賞で、受賞者の長田弘に初めて会う。

日本現代詩人会関西ゼミで、一色真理夫妻、田中真由美、そして佐川亜紀に初めて会う。

近江詩人会六〇年詩祭で来賓の伊藤桂一夫妻に会う。

二〇一一年（平成二三）　七九歳

大阪詩人会議総会で、再び運営委員長に就任する。

第六詩集『水の世紀』を出版する。

壺井繁治賞選考委員となる。

島田陽子、お別れ会で、献杯を行う。

松本市芸術文化祭にて、詩「遠近の風景」が松本市長より、「市民タイムス賞」を受ける。

二〇一二年（平成二四）　八〇歳
杉山平一の葬儀に参列。

詩人会議全国運営委員会、伊豆・伊東に、ミニ講演「詩集『水の世紀』の詩作方法」を語る。

杉山平一を偲ぶ会に参加する。

詩人会議創立五〇周年記念祝賀会に参加。翌日、柴又・帝釈天、とらさんの故郷等、東京見物する。

二〇一五年（平成二七）　八三歳
日本現代詩歌文学館振興会評議員に再任される。
松本市芸術文化祭で、詩「一発も残しては」が、テレビ松本賞を受賞する。
一八回九条の会詩人の輪・関西の集いで、「戦後七〇年の現状と詩の言葉」と題して、長田弘、谷川俊太郎の詩集『せんそうしない』などについて話す。

二〇一六年（平成二八）　八四歳
金時鐘「大佛次郎賞」受賞を祝う会に参加。

第一二八回堺市開庁記念式典で、堺市文化功労賞の表彰を受ける。

兵庫現代詩協会創立二〇周年記念「ひょうご詩のフェスタ」で、高橋睦郎の講演を初めて聞く。

現代詩セミナー神戸で、藤井貞和の講演を聞く。

二〇一七年（平成二九）　八五歳
志賀英夫の葬儀に参列する。

来堺したアーサー・ビナードの講演で、久し振りに再会する。

鶴あきら顕彰碑建立一〇周年・碑前祭に参加。

日本現代詩人会、日本詩人クラブを退会する。

『倉橋健一選集』完結、詩集『失せる故郷』刊行記念祝賀会に出席、長津功三良に、久し振りに再会。

詩のフェスタひょうごに参加、平田俊子の講演を初めて聞く。

現代詩セミナー・神戸で、倉田比羽子の講演を初めて聞く。

国民文化祭・「現代詩の祭典」奈良に参加する。

＊個人名は敬称略。

現住所　〒五九一―八〇二一
堺市北区新金岡町三―四―五
アルス新金岡プロムガーデン二一〇号
TEL・FAX　〇七二―二五三―七六三一

新・日本現代詩文庫136 原圭治詩集

発 行 二〇一八年五月十五日 初版

著 者 原 圭治
装 幀 森本良成
発行者 高木祐子
発行所 土曜美術社出版販売
〒162-0813 東京都新宿区東五軒町三—一〇
電 話 〇三—五二二九—〇七三〇
FAX 〇三—五二二九—〇七三二
振 替 〇〇一六〇—九—七五六九〇九
印刷・製本 モリモト印刷

ISBN978-4-8120-2429-4 C0192

新・日本現代詩文庫

土曜美術社出版販売

- ①中原道夫詩集
- ②坂本明子詩集
- ③高橋英司詩集
- ④前原正治詩集
- ⑤三田洋詩集
- ⑥本多寿詩集
- ⑦小島禄琅詩集
- ⑧新編菊田守詩集
- ⑨出海溪也詩集
- ⑩柴崎聰詩集
- ⑪相馬大詩集
- ⑫桜井哲夫詩集
- ⑬新編島田陽子詩集
- ⑭新編真壁仁詩集
- ⑮南邦和詩集
- ⑯星雅彦詩集
- ⑰井之川巨詩集
- ⑱新々木島始詩集
- ⑲小川アンナ詩集
- ⑳新編井口克己詩集
- ㉑新編滝口雅子詩集
- ㉒谷 敬詩集
- ㉓福井久子詩集
- ㉔森ちふく詩集
- ㉕しま・ようこ詩集
- ㉖腰原哲朗詩集
- ㉗金光洋一郎詩集
- ㉘松田幸雄詩集
- ㉙谷口謙詩集
- ㉚和田文雄詩集
- ㉛新編高田敏子詩集
- ㉜皆木信昭詩集
- ㉝千葉龍詩集
- ㉞新編佐久間隆史詩集
- ㉟長津功三良詩集
- ㊱鈴木亨詩集
- ㊲埋田昇二詩集
- ㊳川村慶子詩集
- ㊴新編大井康暢詩集
- ㊵米田栄作詩集
- ㊶池田瑛子詩集
- ㊷遠藤恒吉詩集
- ㊸五喜田正巳詩集
- ㊹森常治詩集
- ㊺和田英子詩集
- ㊻伊勢田史郎詩集
- ㊼鈴木満詩集
- ㊽曽根ヨシ詩集
- ㊾成田敦詩集
- ㊿ワシオ・トシヒコ詩集
- (51)高田太郎詩集
- (52)大塚欽一詩集
- (53)香川紘子詩集
- (54)井元霧彦詩集
- (55)高橋次夫詩集
- (56)上手宰詩集
- (57)網谷厚子詩集
- (58)門田照子詩集
- (59)水野ひかる詩集
- (60)丸本明子詩集
- (61)村永美和子詩集
- (62)藤坂信子詩集
- (63)門林岩雄詩集
- (64)新編原民喜詩集
- (65)新編濱口國雄詩集
- (66)日塔聰詩集
- (67)武田弘子詩集
- (68)大石規子詩集
- (69)吉川仁詩集
- (70)尾世川正明詩集
- (71)岡隆夫詩集
- (72)野仲美弥子詩集
- (73)葛西洌詩集
- (74)只松千恵子詩集
- (75)鈴木哲雄詩集
- (76)桜井さざえ詩集
- (77)森野満之詩集
- (78)坂本つや子詩集
- (79)川原よしひさ詩集
- (80)前田新詩集
- (81)石黒忠詩集
- (82)壺阪輝代詩集
- (83)若山紀子詩集
- (84)香山雅代詩集
- (85)古田豊治詩集
- (86)福原恒雄詩集
- (87)黛元男詩集
- (88)山下静男詩集
- (89)赤松徳治詩集
- (90)梶原禮之詩集
- (91)前川幸雄詩集
- (92)なべくらますみ詩集
- (93)津金充詩集
- (94)中村泰三詩集
- (95)和田攻詩集
- (96)藤井雅人詩集
- (97)馬場晴世詩集
- (98)鈴木孝詩集
- (99)久宗睦子詩集
- (100)水野るり子詩集
- (101)岡三沙子詩集
- (102)星野元一詩集
- (103)清水茂詩集
- (104)山本美代子詩集
- (105)武西良和詩集
- (106)竹川弘太郎詩集
- (107)酒井力詩集
- (108)一色真理詩集
- (109)郷原宏詩集　解説　荒川洋治
- (110)永井ますみ詩集　解説　有馬敲・石橋美紀
- (111)阿部堅磐詩集　解説　里中智沙・中村不二夫
- (112)新編石原武詩集　解説　秋谷豊・中村不二夫
- (113)長島三芳詩集　解説　平林敏彦・禿慶子
- (114)柏木恵美子詩集　解説　高山利三郎・比留間一成
- (115)近江正人詩集　解説　高橋英司・万里小路譲
- (116)名古きよえ詩集　解説　中原道夫・中村不二夫
- (117)新編石川逸子詩集　解説　小松弘愛・佐川亜紀
- (118)佐藤真里子詩集　解説　小笠原茂介
- (119)河井洋詩集　解説　古賀博文・永井ますみ
- (120)戸井みちお詩集　解説　高田太郎・野澤俊雄
- (121)金堀則夫詩集　解説　小野十三郎・倉橋健一
- (122)三好豊一郎詩集　解説　宮崎真素美・原田道子
- (123)古屋久昭詩集　解説　北畑光男・中村不二夫
- (124)佐藤正子詩集　解説　篠原憲二・佐藤夕子
- (125)川端進詩集　解説　中上哲夫・北川朱実
- (126)桜井滋人詩集　解説　竹川弘太郎・桜井道子
- (127)葵生川玲詩集　解説　みもとけいこ・北村真
- (128)今泉協子詩集　解説　油本達夫・柴田千晶
- (129)柳内やすこ詩集　解説　伊藤桂一・以倉紘平
- (130)新編甲田四郎詩集　解説　川島洋・佐川亜紀
- (131)大貫喜也詩集　解説　石原武・若宮明彦
- (132)今井文世詩集　解説　花潜幸・原かずみ
- (133)中山直子詩集　解説　鈴木亨・以倉紘平
- (134)林嗣夫詩集　解説　鈴木比佐雄・小松弘愛
- (135)柳生じゅん子詩集　解説　山田かん・土田晶子・福原恒雄
- (136)原圭治詩集　解説　市川宏三・長居煎

〈以下続刊〉

- 森田進詩集　解説　佐川亜紀・川中子義勝・中村不二夫
- 水崎野里子詩集　解説　〈未定〉
- 比留間美代子詩集　解説　〈未定〉
- 内藤喜美子詩集・小林登茂子詩集　他

◆定価（本体1400円＋税）